宿舍大逃亡
寢室友誼聯賽
05
Dormitory Escape
火茶 著

六〇六寢室床位配置圖

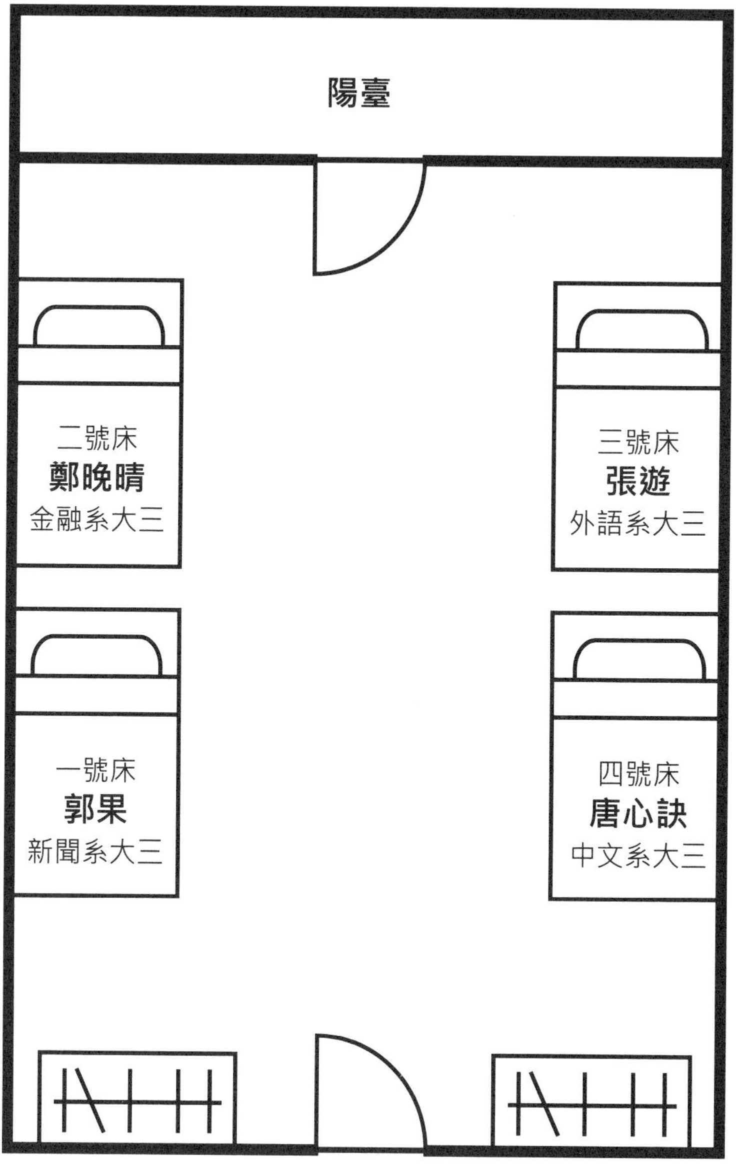

目錄
CONTENTS

第一章　寢室友誼聯賽

參加還是放棄，這是個問題。

剛結束一場漫長團戰，又一整晚絞盡腦汁搞裝潢，四人無論身體還是精神都迫切需要一次好好休息。

但比賽並不是隨時都能參與的——透過電視節目可知，在沒有邀請函的情況下，學生需要「自費」花學分才能參加。遊戲應該還不會變態到讓學生自己掏錢送死，既然有付出，就一定有好處。

現在她們手中，正好有一張免費的「入場券」。

「從一學分到三學分，我傾向於既是難度的差距，也是獎勵的差別。」唐心訣揉了揉眉心，將手中的黑金邀請函舉起，透過窗外濛濛白霧中透出的微光，上面的字似乎反射出詭異的紅光。

遊戲已經提示她們，這張邀請函通向的是「寢室友誼聯賽」。

從名字上看十分和諧，沒有半點殺氣。然而但凡經過幾次考試的毒打，考生就會知道按照這遊戲的德行，每一個名字看起來都很安全正常，內容卻一個比一個離譜。

鄭晚晴目光灼灼握緊左手拳頭：「不到長城非好漢，只要不死就是幹！」

郭果大受震撼：「大小姐，妳從哪裡學來這句話的？」

雖然對方的臉還是一如既往的美豔，她卻感覺這位已經向暴力坦克進化的校花室友越來越陌生：「……等等，這不是我桌上那本熱血小說裡的臺詞嗎？」

鄭晚晴老臉一紅：「咳，我本來是想借鑑一下裡面的戰鬥方法，沒想到劇情還挺好看。」

郭果：「妳以前不是說看小說最不務正業了嗎！」

鄭晚晴：「那是因為妳無法好好控制作息！」

眼見兩人又要開始拌嘴，張遊一手一個直接扔到後面，繼續和唐心訣商量。

「我覺得，比賽既然是週末限定，那麼時間最長應該不會超過兩天。」張遊委婉地說。

她們暫時損失一個週末，如果太過疲勞，可以選擇週一休息補回來。

簡而言之，在有可能「過了這村沒這店」的風險下，她們更傾向選擇搏一把，而不是放棄。

聽完兩人交談，郭果長嘆一口氣：「感性讓我只想睡覺，但是理性告訴我還是要堅持，所以決定還是要妳們來做，我全部配合。」

唐心訣揉揉郭果稍顯單薄的頭頂：「辛苦了。」

「辛苦什麼，有遊戲天選玩家帶我，根本沒在怕的。」郭果吐吐舌頭。

唐心訣卻一愣：「天選玩家？」

「對啊。」郭果一本正經解釋：「像妳和張遊這樣能抗住遊戲高強度摧殘的，還有晚晴這樣受傷還能生龍活虎的，放在普通遊戲裡簡直就是操作型肝帝，和遊戲的適合度吊打百分之九十九玩家，絕對算是天選了。」

唐心訣眸光微動，將這段話在心上轉了一圈，又聽張遊笑道：「那妳的陰陽眼和通靈體質，是不是算開服提前氪了金？」

郭果臉色發苦：「我應該算是被搶走錢包逼著開帳號的類型吧。」

說歸說鬧歸鬧，幾人調侃幾句醒了醒神，便迅速把話題切回正題。

比賽將在八點準時開始，如果她們確定要參賽，那現在只剩下二十多分鐘的準備時間。

唐心訣正色總結：「關於比賽的一切，我們現在全然未知。它的流程、勝負和獎懲機制、比賽過程中能否開啟商城進行購買強化……在什麼都不知道的情況下，我們要做最壞打算。」

最壞的情況就是，她們可能會像考試一樣進入一個完全陌生的副本，到時就算滿口袋全是錢，也沒處花。

開弓沒有回頭箭，為了以防萬一，她們必須在比賽開始之前盡可能強化，增加自身的籌碼！

「老規矩，先抽獎再兌換成就，然後拿剩下的積分去商城強化。」

張遊俐落地打開生存APP，忽地想到另一件事：「對了心訣，妳從衛生檢查副本中拿出的三樣道具，現在能鑑定屬性嗎？」

唐心訣之前搶到的是一支鋼筆、一捆紅線和一張黃紙。後兩件是最初就得到的，鋼筆則是最後從男考生時岸那邊搶回來的。

之所以最先搶紅線和黃紙，是因為這兩樣道具讓唐心訣瞬間聯想到《無頭怪談》副本中的一些事。

現在她把三件道具擺在案上，其他三人也感覺隱隱不對。郭果最先找出問題：「我沒看錯吧，這張黃紙怎麼和無頭副本裡魏仙、金雯她們做法用的黃紙那麼像？」

張遊神色凝重：「何只是像，簡直一模一樣。」

唐心訣：「差別還是有點的。金雯她們用的那些紙乍一看只是普通黃紙，是加了頭髮和法術才變得邪性。但這張紙僅僅是看一眼，都能感受到裡面的力量。」

其他兩樣也是如此。最初眾人還想不出紅線和黃紙的關聯，直到唐心訣將紅線打了個圓圈結：「把這個線套在脖子上，像不像無頭鬼怪脖子上的切口？」

郭果頓時臉色發白，感覺渾身雞皮疙瘩直冒：「……原來是這樣，我在考試裡怎麼沒想到這點！」

「考試裡時間緊迫危險又多，我最初也沒想到這麼多。」唐心訣拔開鋼筆筆帽，從筆記本裡扯下一張紙畫了兩下，紙上一片空白。

「鋼筆需要墨水……是那瓶血液？」張遊心頭一動，脫口而出。

黃紙需要鋼筆來寫字，而鋼筆需要血液做墨水，除了紅線用途尚未清晰外，幾樣道具似乎是緊密相連且相輔相成的。

但血液在時岸手裡，她們失去了驗證這猜測的最後環節。

唐心訣點點頭，將道具收入儲物鏡子內，「現在還無法確定它們的屬性和用處，我們時間有限，暫時先不妄動以免傷到自己。等比賽結束，我去商城升級鑑定技能，到那時或許就可以真相大白了。」

距離比賽開始還有十五分鐘。

寢室安靜下來，每個人都在飛快瀏覽商城，抽獎的叮噹聲時不時響起，宛如某種神祕而盛大的祕密交易現場。

郭果已經火速從商城兌換一個防護手串掛在手腕上，她有之前瘋狂星期三掉落的打折卡，加上抽獎和成就兌換總共累積了十五積分，在琳琅滿目的商城道具中看來看去，最終手中白光一閃，多出一張紅色小弓。

「一把弓？」

三個室友同時停下動作，稀奇地看向首次兌換攻擊性道具的郭果。

鄭晚晴在腦袋裡搜羅名詞：「……妳厭倦了輔助，決定改行當射手了？」

郭果：「……妳才要轉行呢！」

她把紅色小弓轉過來，螢幕顯示出道具屬性：

『幸運弓箭（消耗型）：世上一切都可以轉化為力量，運氣當然也一樣！拉開這把弓，你有百分之五十的機率自動瞄準目標，傷害值來自於你此刻的幸運度，歐皇無所畏懼！』

『當前可使用次數：0／10。』

「需要技巧和力量的攻擊道具肯定和我無緣了，還好我發現商城裡有這種自動道具。」郭果小心翼翼把它收起來，同時也不無幽怨：「就是太貴了。」

十五積分的消耗型道具，還是看運氣時靈時不靈的類型，要不是害怕比賽太難，郭果也不會下決心兌換。

哪怕是作為輔助，她也察覺到自己有點「偏科」。無論是陰陽眼、魔法吊墜還是驅魔術，都只有在面對鬼怪時才有效果。

如果對方同樣是考生，或者出手是物理攻擊呢？

她可不想一直躲在室友身後，尤其是鄭晚晴每次用唯一一隻完好的手臂把她攬在後面，郭果雖然嘴上不說，心裡還是免不了不是滋味。

這些想法她當然不會說出來，鄭晚晴以為她沉默是因為沒有稱手武器而難受，頓時神色一正，幫她打氣：「沒關係，不就是武器太醜了嗎，別傷心，我們只是暫時沒錢而已，等我以後進化成鋼鐵人一拳一個副本，幫妳買最酷炫的自動武器！」

郭果：「……雖然我沒覺得這把弓有那麼醜，但還是謝謝妳。」

這邊說話間，唐心訣和張遊那邊也做好了計畫。張遊抽了五次轉盤，拿到兩張九折券，便立刻向唐心訣借了積分，在商城傾家蕩產買了兩個群攻技能卡。

一開始郭果和鄭晚晴還不太理解，她們以前研究過，技能卡可以說是商城裡CP值最低的道具，單張卡最高不能使用超過三次，既燒錢又不方便。

張遊卻另有打算，她和唐心訣對視一眼：「我一開始也是這麼以為的，直到我和心訣發現另一件事——」

張遊打開死亡帳本，把技能卡往上一拍，卡面竟直接嵌入紙張內，帳本封面閃過一絲奇異光芒。

「——或許商城裡沒有雞肋的技能，只是它們就像寢室一樣，需要組合起來。」

張遊把帳本合上，只見技能卡的名字浮現在封面上：【曇花飛雪 0／2】、【冰流激石

0／3」，可使用方式：單抽／組合。

這樣一來，原本只當磚頭用的帳本多了層附魔屬性，技能卡也多了新的用法。

郭果恍然大悟：「難道這也是一種升級路線？」

「這就要等下次再驗證了。」

唐心訣轉了圈手機，她們剛才還發現另一件事，這次則和抽獎有關。

唐心訣在上次考試裡拿了足足九個有效得分，代表了九次抽獎機會。而就在剛剛抽獎時，她忽然被商城提醒，滿十連抽就會有一個「保底」機會，可以保證出道具。

商城熱情推銷：『只差一次機會？沒關係！只要你從如下商品中限時購買一件，即可額外獲贈一次抽獎機會！』

下方旋即彈出一排價格便宜，看起來並沒有什麼用處的限時秒殺商品，還附贈一個碩大的十分鐘倒數計時。

唐心訣：「……」

其他人：「……」

這操作為什麼看起來這麼熟悉……遊戲商城去網路商城進修了？

唐心訣默默選了一袋兩積分的麻辣雞爪，然後點擊十連抽，果然爆出一件道具。

『黑色星期六煙火：這是一個只有在週六才能生效的煙火，設計來自一個不想讓員工下班的瘋狂資本家。讓所有人在週六變得倒楣透頂吧！只有工作日才是大家永遠的歸宿！』

『效果：讓所有目睹煙火的生命體霉運纏身，持續時間1小時。』

『附加效果：隱藏邪惡（只有購買者才能看到道具真實屬性，在其他人眼中，這只是一支再普通不過的煙火而已）。』

室友在一堆抽獎禮品看了幾眼，很快鎖定了物品：「這煙火看起來不普通啊，一定是道具吧？」

唐心訣盯著道具屬性看兩秒：「這煙火看起來不像正常宿舍裡的普通物品嗎？」

室友：「……妳清醒一點，正常宿舍怎麼會有煙火！這一看就很不正常好嗎！」

「……」

總之收了煙火，唐心訣把剩下的積分轉給鄭晚晴，讓她繼續升級拳頭。

「妳不買技能了嗎？」鄭晚晴有些猶豫。

「不了，我想強化的方向都很貴，沒兩個副本累積不下來，不如先給妳們用。」

唐心訣晃了晃手裡剛買的藥水：「我買這個就行了。」

用濕巾把藥水塗抹在馬桶吸盤上，在副本戰鬥中破損和髒兮兮的痕跡瞬間恢復，馬桶吸盤快樂地吐出一口水。

修理鋪名副其實，馬桶吸盤在被修好的瞬間成功進階，現在從【馬桶吸盤小兵3級】變成了【馬桶吸盤騎士1級】，整個皮吸盤光澤煥發。

至於之前的問題究竟是什麼……唐心訣還沒忘記修理工人陰森森的答案：「等級不高吃得不少，消化不良了！」

……這也提醒了她，馬桶吸盤的吞噬能力不是無底洞，只有先把等級升高，才能吃掉更多鬼怪。

倒數五分鐘。

鄭晚晴已經兌換完畢，正在等待技能升級。她興奮地舉起手，空蕩蕩的手臂處逐漸凝聚起一個碩大無比的鋼鐵虛影。

——鐵窗大的拳頭！

「它好像還有一個機率觸發技能，叫什麼鐵窗淚……」鄭晚晴也沒弄懂，她來不及繼續探究，比賽馬上要開始了。

現在距離比賽開始，還有最後一分鐘。

『是否確定參賽？』

系統詢問聲出現，忙碌半天的眾人終於停下手。

寢室空氣安靜無比，甚至連電視螢幕裡主播一張一合的嘴都沒了聲音。

世界在某種低頻的震動下開始緩慢變化，隨著選項落定揭開了帷罩……

「我們確定。」唐心訣輕聲道。

「砰砰！」

玻璃窗上忽然炸開兩聲巨響，四人一驚立刻轉頭，見兩團血肉模糊的物體砸在窗戶上，濃稠的血液緩緩淌下兩條痕跡，在一片茫茫白霧中格外刺眼。

貼到近前才能看出，這是兩隻撞上來的麻雀，現在紅的白的濺作一團，已經死透了。

「這什麼情況？副本開始了？」

郭果連忙環顧四周，寢室還是寢室，她們的位置也沒變化，一切一如往常。

「在很多文化中，麻雀撞死在玻璃上是不詳的徵兆，寓意邪惡與死亡。」

唐心訣觀察須臾，輕輕敲了敲窗戶，麻雀屍體滑了下去，留下兩團血痕。

張遊眉頭一皺：「這痕跡……怎麼像兩個符號？」

「十三。」

唐心訣把這兩個數字寫在紙上，然後調轉對光。以窗外的視角來看，呈現的便是這個數字。

「是十三，也有可能是一和三，如果範圍再擴大點，還有可能是個被拆開的B。」

郭果開始聯想，怎麼想都很疑惑。

麻雀撞死在窗外，屍體留下一個數字「十三」，這是在預示什麼？

忽然，唐心訣出聲：「霧散開了。」

覆蓋了整個窗外的白霧正在緩慢向外退散……

這種情況只發生過一次，上一次是在「瘋狂星期三」，她們首次遇到遊戲裡其他學生。

她們仔細感受外面的動靜，約過了半分鐘左右，霧散去的進度停止了，正好露出一個陽臺的位置，虛虛籠罩在外面。

所有人緊張起來。

郭果脫口而出：「不會是第二個『瘋狂星期三』吧？」

但下一秒，她們注意到另外一件事——原本空蕩蕩的陽臺晾衣架上，不知何時多出一件黑色斗篷。

斗篷一開始一動不動，然後似乎有風吹過一般，開始左右晃動起來，斗篷的晃動幅度越來越大，被風高高捲起又落下，隨時要被吹走——

『叮！任務更新。』

『這是一個大雨傾盆的天氣，你們發現有一件非常重要的衣服落在陽臺上，請在它被吹走之前將衣服取回來，否則你們一定會後悔。』

手機上猝不及防彈出新的任務訊息，同一時間，無數雨滴從空中落下，劈里啪啦打在陽臺地面上，將黑色斗篷澆得搖搖欲墜。

唐心訣半秒的猶豫都沒有：「有雨傘或雨衣嗎？」

餘下三人也飛速反應過來，張遊拿出工具袋裡準備的雨傘：「我和妳一起出去。」

郭果手忙腳亂從書包翻出一個透明雨衣：「這是上個副本姜同學她們給我的……」

唐心訣看了兩人一眼，卻拒絕了張遊：「我一個人出去就好，雨傘先不帶。」

她疑心遊戲有詐，只接過郭果的雨衣，上面有幾絲鬼怪的力量，比普通防護更加安全點。

準備好，唐心訣推開了緊閉的陽臺窗，屋內瞬間狂風大作，封阻在外面的狂風暴雨傾瀉而入！

站在後面的三人被逼退一步，再抬頭時唐心訣已經靈巧地抓住陽臺上的護欄，開始向下扯斗篷。

一碰到斗篷，唐心訣就感覺一陣刺骨的冰涼沿著手臂向上竄來。雨水遮擋視線讓她看不清斗篷裡面有什麼，便果決地抽出馬桶吸盤，將斗篷邊緣打了個捲塞進橡膠頭裡，用馬桶吸盤代替手臂向下拽。

馬桶吸盤的效果立竿見影，晾衣欄杆發出了晃動摩擦聲，斗篷順利被勾下來一半。唐心訣沒有鬆懈，依舊警惕地觀察衣服情況，果然看見一個藍色的圓形物體在斗篷裡一閃而過。

唐心訣毫不猶豫加大手上力道，把斗篷扯得左搖右擺，裡面的藍色物體撐不住向下滑，忽地吐出兩個藍色泡泡，落在橡膠頭上迅速結出一層冰。

原來剛剛覆蓋在手上的冰涼來自於這裡！

然而馬桶吸盤不怕這點，它吸溜一下把泡泡吃了進去，甚至還想繼續吃。藍色生物害怕了，趁斗篷還沒有完全下來，咻溜一下飛了出去，沒入白霧中。

唐心訣被斗篷牽制著無法伸手去抓，只看到這隻生物的模樣：它的主體是一個巴掌大的藍色橢圓形小球，球裡伸出四個吸盤般的肢體，球頂還有一個極小的醜陋「腦袋」，黑黢黢的眼球占據了一大半腦袋，和唐心訣對視的一瞬間，眼睛裡是濃濃的怨毒。

隨著藍色怪物消失在白霧裡，唐心訣將斗篷澈底抓在手中。陽臺上颳過的氣流瞬間強了好幾倍，她只能貼著邊緣回到門邊，被室友一把抓回寢室內。

陽臺窗闔合，颱風般的大雨被關在外面。唐心訣擦了擦臉，把斗篷扔在地上。

黑漆漆的斗篷除了特別大之外沒有任何特點，斗篷下方有兩個長長的帶子，依稀能看見帶子上的冰渣。

這時，手機又響起「叮」一聲，任務再次更新：

『天晴了，你們拿著重要的衣服，不知道該不該再次出去晾它。好在其他同學也有著相同困擾，你們或許可以參考一下其他寢室的意見。』

看到任務資訊，四人抬起頭看向彼此，然後同時轉頭——

陽臺外的白霧伴隨著風雨收歇完全散開。

外面是藍天白雲、草地綠樹……還有一棟相鄰的宿舍大樓，不計其數的陽臺排列錯落，無數學生的身影隔著窗戶若隱若現。

就像遊戲降臨前，宿舍區普通的一天。

窗外的場景，讓寢室四人恍惚一瞬。

彷彿遊戲還沒降臨，她們還在原本的宿舍區裡，對面的宿舍大樓人影幢幢，打開窗戶就能聽到樓下的聊天聲，樹葉的沙沙聲，還有送水車開進來的喧嘩。

但她們很快清醒過來：對面宿舍的陽臺上不僅有男有女模樣陌生，而且神色警惕。有些人還打著傘站在陽臺上，發現四周環境的變化先是露出震驚神色，然後匆匆收傘躲回他們寢室內。

不到十秒鐘，對面彷彿一棟空樓。

「他們是副本幻境，還是真實的人？」寂靜空氣中，郭果喃喃自語。

「寢室友誼聯賽……應該是真的宿舍吧？」鄭晚晴也小聲道。

如果這些全都是真人，似乎明白為什麼遊戲要提前放出團戰副本讓她們適應了。一棟六層樓宿舍大樓，僅僅她們看見的就有四十八面陽臺門，意味著有約兩百多名同樣進入遊戲的考生！

「不，不只一棟。」唐心訣搖搖頭，意有所指：「從對面的角度看，我們這棟樓或許也是一樣的。」

一前一後，兩棟宿舍隔著十多公尺的距離矗立。如果她們現在打開陽臺窗，或許能看到一個新的「隔壁寢室」。

那麼新的問題來了。

她們要不要率先打開陽臺窗？

張遊一如既往地謹慎：「哪怕外面寢室裡都是真的考生，我們也判斷不了他們是善意還是惡意……畢竟這裡是比賽。」

她們已經不再是一開始那個，看到隔壁寢室出現人就會欣喜若狂的「新生」了。

從反應上看，其他參與這場比賽的考生也是如此。

「雨傘、晾衣桿、斗篷。」唐心訣捕捉出剛剛從對面宿舍大樓觀察到的幾個要素，因此斷定：「他們也剛經歷過和我們一樣的任務。」

從神情和動作上看，有些人還沒來得及完成，才停留在陽臺上。

唐心訣：「假設所有比賽寢室接收到的任務都一模一樣，那麼現在開門沒有危險。」

反之，如果任務有差別，哪怕只是細微的差別，走進陽臺的學生都可能被攻擊。

「最安全的選擇是觀察情況，然後等待。」

話音落下，唐心訣將移動擋板拉上一部分，遮住四人的身影。

面對鬼怪時，她會用武力直接莽上去，但換做可能成為敵人的人類考生，她必須拿出十倍的警惕，小心應對。

現在與外界環境剛發生變化距離不到半分鐘，四人默契地同時收聲。張遊改造的窗戶擋板有一個好處，可以從內側撕開縫隙觀察窗外，與隔壁宿舍大樓的距離使對面無法透過縫隙反向觀察這裡。

郭果輕聲問：「我們是不是不能站在窗前被人看到？」

唐心訣：「也不是不能，但妳要知道，遊戲裡的技能和道具包羅萬象。能進入這個比賽的，要麼有學分要麼有邀請函，實力都不會太差——哪怕是露出一點身影，也可能成為別人攻擊的憑藉。」

郭果心頭一跳，嘴巴立刻閉得嚴嚴實實，連說話都不敢了。

張遊卻開口：「如果我們沒等到遊戲發下一步的任務，或者說，任務就是讓我們一定要出去和別人交流呢？」

唐心訣聲音溫和，語氣卻篤定：「那麼，外面的宿舍就一定有問題。」

三分鐘之後，對面宿舍大樓先一步出現動作。

「三樓第二個陽臺左側落地窗被打開，有人出來了。」

唐心訣低聲提醒。

出來的是兩個男生。他們戴著帽子和墨鏡，身上有些滑稽地穿著羽絨衣，一副全副武裝的打扮，一個人手裡舉著白旗，另一個人手裡拿著喇叭：「同學們、同學們！大家有話好好說不要動手哈——友誼第一，比賽第二——動手也別打我們，我們只想拿個參與獎、參與獎！」

大喇叭男生推了旁邊人一把，另外一個人連忙晃動手裡的小白旗，在空曠的宿舍大樓上十分顯眼，顯眼到哪怕這邊有高度近視都能看見。

再加上大喇叭的聲音，同宿舍大樓的人就算不出去也能聽得一清二楚。

郭果倒吸一口冷氣：「——這是生怕自己死得不夠早？」

俗話說槍打出頭鳥，如果這兩人只是單純出來認輸，可以說是兩隻十足的傻白鳥，而且無形中為其他人做了試驗品。

只見兩個男生在陽臺上晃了半分鐘左右，沒受到任何攻擊，同樣也沒得到任何回答。

他們不氣餒，繼續用喇叭喊：「我們就是出來自我介紹一下——希望各位大佬比賽開心——那我們先回去了啊——」

還沒等他們兩人打開陽臺窗，二樓第三個陽臺也如出一轍鑽出兩個男生，一模一樣的打扮，在笤帚上捲了條衛生紙當做白旗，也開始喊話，內容和三樓兩男生大同小異。

三樓男生對視一眼，親切地扒著陽臺欄杆向下望：「兩位同學，你們也是過來湊人頭的嗎？你們哪裡人，認識一下啊。」

二樓兩個男生謹慎地收起東西，才抬頭回答：「我們是青河大學的。」

「哦——青河大學呀！」大喇叭男生頓時熱絡起來：「我也是青河大學的，我們是老鄉啊！老鄉見老鄉，兩眼淚汪汪……」

二樓沉默幾秒，看起來不願意再和大喇叭多說，轉頭就要進去。大喇叭仍在追問：「欸欸，你們有沒有什麼想說的，我有喇叭我幫你們說，你們聲音太小了……」

話音未落，一道破空箭忽然從唐心訣這邊的宿舍大樓穿梭而至，正中大喇叭男生胸口！

中箭的男生捂住胸口，抽搐兩下仰面倒地。

「啊！」

一聲尖叫從對面五樓響起，五樓有個女生剛要效仿前面兩撥人走出來，正好目擊了箭頭飛過來的全過程，頓時嚇得腿一軟跌坐在地。

隨著大喇叭男生倒下去，舉白旗的男生立刻彎腰去扶他，後背明晃晃暴露在空氣中。

郭果脫口而出：「完蛋！」

唐心訣卻做出相反判斷：「未必。」

第二支箭緊接著呼嘯而下，軌跡清晰地瞄準了白旗男生。在它後面卻有一支箭以普通人動態視力捕捉不到的速度追了出來，飛速頂上箭尾，使得前一支箭調轉方向直直衝上五樓。

用來撞擊的箭跌落下去，而用來攻擊的那支箭速度不減，現在的目標赫然是剛出來的五樓女生！

電光火石之間，唐心訣閉上雙眼。

差一點就要刺進五樓陽臺的利箭忽然一滯，被某種無形的力量阻擋住，同一時刻，女生面前凝聚起一道虛擬盾牌。

飛箭受到阻滯後，向前衝力明顯弱了不少，又被虛擬盾牌一擋，無力地掉在女生腳邊。

女生緊緊貼著陽臺窗戶，急促起伏的胸口上是驚魂未定的臉，她顫抖著手推開身後的陽臺窗，手腳並用躲了進去。而虛擬盾牌仍矗立在陽臺上尚未消散。

緊接著，一道清朗的女聲從樓下響起：「我們這邊五樓的某位，只敢暗地裡偷襲算什麼本事，有本事出來和我們正面打一場。」

唐心訣睜開眼：「現在可以出去了。」

狼人已經露出尾巴，現在是村民的時間。

走到外面，透過陽臺間隙向下望，可以看到這邊三樓陽臺上，有一個短袖短褲的長髮女生走了出來。

她手裡拿著一面盾牌，形狀大小正與剛才出現在對面五樓女生身前的一模一樣——那是這面盾牌的投影。

兩棟宿舍大樓間的空氣十分安靜，沒有人出來回應盾牌女生的話語，而被她「指名道姓」的五樓更是悄無聲息。

唐心訣靠在護欄上，更加清晰地將大部分寢室盡收眼底：有人受到驚嚇將窗戶關得嚴嚴實實，有人反而拉開一條縫隙，也有人像她一樣走了出來，手裡拿著武器。

而剛剛被飛箭射中心口的三樓男生，已經被另一個室友拖進了寢室內，誰也看不見裡面的情況。

樓下手持盾牌的女孩冷笑一聲：「還裝縮頭烏龜不出來？你以為我無法透過箭的方向辨別你來自哪個陽臺嗎？有本事親手殺人，沒本事站出來承認？」

唐心訣勾起嘴角，出聲道：「他大概是害怕自己身分暴露，其他正常學生會對內奸群起而攻之吧。」

「畢竟，誰會容忍一個隨時可能對自己痛下殺手的人偽裝成普通考生，一起做接下來的任務呢？」

聲音方落，系統提示聲從手機中響起：

『已有學生死亡，所有參賽學生疊加難度1%。』

『當難度疊加到100%，視為友誼聯賽失敗。』

『目前比賽進度：任務階段2，死亡1，通關0。』

第二章　告密者與好學生

系統提示出現，一瞬間空氣更加寂靜。

對於還活著的人來說，死亡這個詞永遠是觸目驚心的。

尤其當它發生在幾秒之前，眾目睽睽之下，而無論死者還是凶手，和他們同樣是學生。

——那麼，下一個會是誰？

「……那個拿喇叭的男生，真的死了嗎？」

即便看到系統提示，郭果還是有點傻眼。

才開局不到五分鐘啊！

張遊卻更關心另一個問題，她走上來低聲道：「殺死那個男生的人真是和我們一樣的學生嗎？有沒有鬼怪冒充的可能性？」

哪怕是比賽，正常學生也沒有這麼狠絕的殺人動機——除非是反社會人格。

唐心訣微微側頭，打開四人之間的精神力連接，在腦海中說：『九成可能不是鬼怪。』

那支射下去的箭，很顯然是技能道具，而鬼怪動手從來不用這些。

另一方面，她有精神力、張遊等人有感知道具，其他人自然也有探知手段。附近若潛藏著鬼怪，他們不會毫無察覺。

「那他們為什麼要這麼做？」

「為了利益。」唐心訣輕輕回答。

遊戲中最大的利益，就是通關活下去。如非有足夠利益驅使，動手者也不必急哄哄跳出來，妄想開局直接雙殺。

唐心訣：「故而要麼，動手的學生提前看到我們沒看到的資訊，要麼……他們接收了和我們不同的任務。」

張遊腦海靈光一現：「難道，他們靠殺人就可以通關？」

就在這時，對面宿舍大樓陽臺上，有越來越多學生身影出現在窗戶附近，有人裝備嚴實推著遮擋物，也有人手持各種稀奇古怪的武器。

雖然沒有交流，但從這邊可以清晰看到，大多數人都將目標對準了五樓。

「在我們正下方。」唐心訣道：「五〇六，就是攻擊者所在的地方。」

看著這麼多人的身影，郭果感覺頭皮發麻，下意識後退兩步回到寢室內：「他們這是要……」

唐心訣：「假如這是一場大型狼人殺，那麼沒有收到攻擊任務的我們就是平民，暴露出殺人目的的是狼人。如果狼人一直躲著不露面，而你有遠程攻擊或鎖定的武器，你會怎麼做？」

鄭晚晴不假思索：「先下手為強！」

話音脫口的瞬間，一簇紅光從對面四樓以弧形軌跡直奔這邊，眨眼間沒入六〇六樓下陽臺，只聽見劈里啪啦兩聲，紅光被反彈出去，歪歪斜斜落在一個正在圍觀的寢室陽臺上。

該陽臺兩個寢室：「……」

紅光大作，一股白煙悠悠升起，陽臺上只剩下一堆碎屑和兩撥被嚇得半死的學生。

射出紅光的四樓男生探頭：「沒事，這只是個爆竹，我試試能不能攻擊，你們放心。」

被遊戲坑過不只一次的都不是傻子，別看攻擊者發瘋殺人可以，輪到他們動手就不一定了。只可惜攻擊者還算警戒，在陽臺外設了一層保護罩，也不知道什麼強度的攻擊才能打破。

四樓男生正嘀嘀咕咕著收回剩下幾根爆竹道具，一抬頭就聽見外界的聲音——「小心！」

又一支來勢洶洶的箭矢從五樓射了出來！

唐心訣眉心微挑：「想強行破局？」

爆竹男生也不是吃素的，哪怕躲閃不及也抬起手臂露出防護符，堪堪抵住這一箭。

然而前箭方至後箭又出，第二支箭矢緊隨其後——

隨著一聲清喝，虛擬圓盾再次閃現，在千鈞一髮之際擋在爆竹男生身前。

爆竹男生臉色爆紅：「哎呀破費了破費了，再損失一個防護道具本來也是我活該的，不知道同學妳是哪個學校的，要不然我們加一下聯……」

他機關槍一樣的嘮叨沒能傳進對方耳中，二次出手救人的長髮女生已經抬腿踩在護欄上，注意力全在斜上方的五樓處，冷笑一聲：「縮頭烏龜終於出來了。」

盾牌虛影原地閃了兩下，倏地疾轉飛起，旋轉著反向衝上五〇六，重重刺入防護罩裡，發出金石交加的刺耳摩擦聲。

爆竹男生訥訥：「……同學挺猛呀，要不然我扔個爆竹，增加點助推力？」

「滋滋——」防護罩響起崩裂的預兆。

爆竹男生：「哈哈……看來不需要，那我先撤了……我靠！」

男生一轉動，猝不及防被整棟樓趴在護欄邊圍觀的腦袋嚇了一跳。

或許是見盾牌女生率先與攻擊者宣戰，許多寢室的學生紛紛出來圍觀——帶著各式各樣的防護和偽裝。羽絨衣裹棉被已經是正常狀態，甚至還有把拖把桿擰下來安在頭上當頭盔的，一時間讓兩棟宿舍大樓看起來像某種邪教或返祖現場。

六〇六寢室這邊也不例外。

郭果在身上疊滿防禦Buff，小心翼翼貼著陽臺邊緣向下看，然而受位置所限，她就算伸長了脖子也看不見五樓的情況，不由有點焦慮。

『想看嗎？』腦海中忽然響起唐心訣的聲音。

郭果精神一振：『訣神妳有辦法？』

『閉上眼睛。』

郭果連忙照做，視線頓時被一片黑暗覆蓋。然而不過兩秒，黑暗中竟然漸漸浮上色彩與景物——

她震撼不已：『這是……』

唐心訣：『這是用精神力「見到」的世界。』

郭果在唐心訣引導下集中注意力，便感覺視野被帶著向前方延展，再回頭看時將兩棟大樓所有景象都納入了眼底。

正在這時，五樓也決定要魚死網破，又一套撞擊箭被射出來，改變方向衝向三樓的盾牌女生。

「和盾姐中門對狙？」爆竹男生一拍大腿：「路走窄了啊老弟！」

正應他的感慨，這次的撞擊箭還沒飛到一半，就被閃現的盾牌無情擋飛，落入白霧中化為齏粉。

氣？」

盾牌回到長髮女生手中，她泠然一笑：「這麼點本事也敢埋伏殺人，誰給你的勇

「——當然是遊戲給的。」

不知從哪個方向飄過來一道悠悠的刻薄聲音，似乎在評析局勢：「快被美女拆了家也不出來，說明知道自己技不如人，和美女正面對打只有死路一條。嘖嘖嘖，遊戲怎麼會選擇這種實力的人當『殺手』，真是超出鄙人的認知啊。」

聽不出男女的聲音穿蕩在兩棟大樓之間，只聞其聲不見其人。學生們神色各異，有人一臉茫然，也有人若有所思。

在僵持又詭異的氣氛中，盾牌女生冷冷一揚眉：「我不用分析那麼多，我只知道如果有人在我面前濫殺無辜，打不過我，他就去死吧。」

女生的行動和她的聲音一樣乾脆果決，盾牌的虛影再次幻化飛出去，完全沒有在這幾次攻擊中受到磨損，也讓人看不出究竟有多深的耐久力。

「嘩啦！」五樓的防護罩終於破碎，和箭矢正面交撞在一起。

「臭婊子！」

陽臺內終於傳出一聲怒喝，一個戴著口罩的陰鷙男生走了出來，他手中正握著一把木弩。

郭果一驚：「他就是那個狼人！」

唐心訣卻沒正面回答，只說道：「仔細觀察。」

郭果一怔，再集中精神去「看」時，見到陰鷙男生已經和盾牌對抗起來。

但即便男生的箭矢再厲害，也只擅長遠程射擊。碰到盾牌這種離體還能被操控的多功能武器，近身只有勉強躲閃的份。他很快狼狽不堪地被逼到護欄邊緣，木弩抵著飛速旋轉的鋼盾，弩身出現寸寸裂痕。

男生露出肉痛的神色，似乎想要罵人，卻只能一口血噴在口罩裡，差點把自己噎死。

最終他恨恨側頭瞪著下方，似乎要把盾牌女生的樣貌牢牢記住。

「這筆帳我記下了……呵呵，臭婊子，妳不會以為，在這裡想殺掉你們的只有我們吧？」

說完，他從口袋裡抽出一樣東西按了下去，身體瞬間虛化，盾牌刺入空氣如若無物。

就在他即將消失之時，聽到頭頂唐心訣溫和的聲音：「或許拿到特殊任務的寢室的確不只你們一個，但毫無疑問，你們是裡面最蠢的。」

陰鷙男生：「……」

他還想再續一秒！他要看清這個說話人的臉！他要……

「嘭」一道輕響，男生不甘心地澈底消失了。

『比賽提示：已有學生死亡，所有參賽學生疊加難度1%，當前總疊加2%。』

『目前比賽進度如下：任務階段2，死亡2，通關0。』

比賽提示出現，郭果大吃一驚：「他也死了？這算自殺嗎？」

本來以為會有一場大戰，結果最初的殺人者竟然死得這麼快，甚至讓她有點沒反應過來。

唐心訣：「妳覺得他死了嗎？」

郭果：「……」

郭果努力轉動大腦，艱難道：「是死了……還是沒死呢？」

從遊戲的通知來看，死亡人數增加，肯定來自於這個剛剛消失的陰鷙男生。

但是……

郭果皺緊眉頭，如果她沒看錯，那個男生明明是主動拿出道具消失的，很可能借助道具直接退出了比賽，這樣也算「死亡」嗎？

同樣共用視野，看完這一切的張遊也陷入沉思，並很快得出結論：「無論是在比賽中被殺死，還是中途退出，都會被系統視為『已死亡』。但按照這一邏輯，在比賽裡死亡的考生，未必是真的死了。」

畢竟系統根本沒給出詳細的比賽機制解釋，現有規則幾乎全靠猜。哪怕親眼看到陰鷙男生退出比賽，她也不敢肯定自己猜的就是對的。

唐心訣收回精神力觀測，只見其他陽臺上也是竊竊私語，討論的沙沙聲在兩棟大樓間交織蔓延，讓人清晰意識到這裡考生的數量之多。

——這些生動的、鮮活的，處理著不同資訊的大腦與思考，它們在精神力視野中以火團的狀態存在。唐心訣在遊戲開始的第一時間，就嘗試將感應範圍延展至最大，發現無法突破到另一邊宿舍大樓，在自己這邊也僅能覆蓋臨近幾座陽臺，無法探測寢室內的人。

這已經是她現在能力的極限，唐心訣越是清楚地意識到這點，心中反而越明朗，知道下一步的方向：她必須將精神力強化到這天賦應有的威力，才能確保危險的鐮刀不會從六〇六頭上落下。

她要讓覆蓋在自己眼與心上的一切阻礙消失，穿破遊戲的阻礙與迷霧，掌控所見的一切——當然，這需要大量的積分堆砸，而拿到積分的前提，就是此刻的一場場考試和比賽。

思緒收攏，唐心訣聽到對面陽臺忽然激起一陣輕微驚呼，她立即跟著他們的視野「看」向五樓，卻見陰鷙男生消失之處，陽臺窗變成了破敗不堪的灰色，上面畫著兩道極粗的紅色叉印，宛如大大的封條。

『叮——告密者五〇六寢室已團滅！』

旁邊的郭果一個抽氣，終於意識到一直縈繞不散的異樣感來自哪裡：手機螢幕一直停留在系統通知畫面，最後一行持續閃爍。

比賽通知還沒結束！

而此刻，通知聲再次響起：

『一個「告密者」寢室消失，全體比賽學生可額外獲知三條隱藏規則。請注意，你們本次獲得的資訊為：』

『一、本場比賽學生分為好學生與告密者，身分在比賽開始之時已經生成，不可更改。』

『二、告密者殺死兩名好學生，即刻獲得通關機會。』

『三、通關者將提前進入下一任務階段，剩餘學生將憑藉任務道具在九點自動通關。』

最後，系統的機械聲歡樂落下：

『歡迎來到寢室友誼聯賽，我們的口號是：友誼第一，比賽第二！』

新出現的比賽通知，再次打破詭異平衡的氣氛。

激烈的爭執瞬間蔓延開來，每個寢室都在飛速核對關於新資訊的看法。不擅長反應的學生頭昏腦脹。而大部分寢室，都在某種反應上高度統一：以迅雷不及掩耳之勢躲回了寢室內。

剛熱鬧起來的宿舍大樓，轉瞬重歸寂靜。

眼見窗戶重新關上，郭果如釋重負：「這比賽太坑人了！」

原來只需要殺死兩個考生，告密者就可以直接通關到下一階段，怪不得陰鷙男生寢室出手那麼急，一旦突襲得手，幾乎是一本萬利。

她們站在外面，一不小心被扔個道具弄死，殺人者直接通關，剩下的人連報仇的機會都沒有，這還有王法嗎？

唐心訣看向時間：「現在離九點還有三十多分鐘。」

提示裡說的「重要道具」，應該就是她們之前在大雨中拿到的黑色披風。按照規則，接下來只要不出意外，時間一到他們就會自動通關到下一階段。

那麼最穩妥的方法，無疑是躲在寢室內不動如山，不給「告密者」可趁之機。

「我現在感覺有點亂。」張遊皺著眉在紙上寫了一二三四，又畫掉抬頭：「心訣，妳能捋一下嗎？」

唐心訣點頭，「會感覺混亂是正常的，因為這就是比賽的目的。」

「比賽的目的？」

「沒感覺到嗎，」唐心訣笑笑，「從比賽開始到現在，是誰一直在帶節奏，在煽風點火？」

是比賽規則。

將考生身分分化對立自不用說，系統提示屈指可數的幾次出現，要麼讓考生進入暴怒狂躁，要麼人人自危彼此懷疑。

很顯然，雖然嘴上說「友誼第一、比賽第二」，但遊戲並不打算讓考生們和諧相處。

「設置多個告密者，隱藏他們身分，是為了防止我們合作。」

「讓告密者有機會提前通關，其他人只能被迫等待，是為了讓兩邊實力強的考生無法袖手旁觀。」唐心訣用了一個更便於理解的說法：「如果你是一個野心勃勃想要爭比賽第一的『好學生』，當你看到有『告密者』馬上就要通關，你們之間的資訊差距會越來越大——這時你會怎麼選擇？」

張遊眉心緊蹙：「……先下手為強。」

「同樣的，」唐心訣轉向鄭晚晴：「如果有『告密者』當著你的面殺了我們想要通關，你卻無法阻止比賽規則，這時會怎麼辦？」

鄭晚晴毫不猶豫：「不計一切代價先弄死他！」

唐心訣最後揉了揉郭果腦袋：「遊戲降臨前，我們都只是普通的大學生，或許做不到對同類痛下殺手。但比賽規則卻很曖昧地暗示我們，在比賽中死亡，並不等同於完全死亡。」

這就給了所有人僥倖的空間，讓底線變得更容易突破，深藏在內心的惡也更容易激發。

一旦有人開了先例，界限就不復存在，攻擊和殺戮隨時可能再發生，沒人能賭上生命去信任一個萍水相逢的陌生人。

郭果垂頭喪氣：「狗遊戲越來越賊了。」

這簡直就像是為了堵他們而特地設計出的規則，上個副本團結鬼怪的經驗在這裡基本沒用，連誰是敵人都無法確認，談何合作？

一想到接下來要時時刻刻提防來自不知道多少考生的惡意與威脅，郭果一個頭兩個大，連忙捂住涼颼颼的腦袋幫自己安慰打氣：「沒事，兵來淹死水來埋死，只要我不出去，誰也攻擊不了我……」

張遊哭笑不得瞥她一眼：「如果告密者中有一個和心訣一樣的，妳確定只靠躲就可以安然無虞麼？」

「就算達不到心訣的實力，記不記得上場考試裡的珂珂，只要再來一個言靈異能者，就夠我們喝一壺了。」

郭果小身子一激靈，腦海中不由得浮現上次副本的場景，危機感大作：「那我們的防護道具會不會不夠？這怎麼辦，又不能現買……等等，我們能現在買嗎？」

她猛地抬起頭，四人對視。

進入考試副本後，手機上包括商城在內的大部分功能都會關閉。但若是比賽……

很快，幾人就知道答案了。

「……比賽特別版？」

在「宿舍生存APP」的商城位置上，沒有她們習以為常的灰色鎖頭，取而代之的是一行鮮紅大字：『學生商城之比賽特別版本，讓你的排名出類拔萃！』

往下一滑，繁複的商品種類只剩下寥寥幾排，基本都是防禦和療傷道具，諸如反傷護甲、保命藥丸和各種奇奇怪怪的詛咒術，類型精準定位明確，顯然是吃準了考生心態。

但向下看到價格時，郭果手機差點摔出去：「翻了十倍？怎麼不去搶啊？」

五積分的藥丸搖身一變標價五十積分，十積分的防護罩變成一百積分，還專門設置了可以全寢室共同支付的通道。看完價格，再看到手機螢幕的反光，讓人一瞬間看到的不是自己的臉，而是綠油油的韭菜。

「先是捆綁優惠，現在又搞比賽團購，下次不會再出砍一刀、小額借貸這種功能吧？」郭果不敢置信地大聲吐槽。

唐心訣莞爾：「小心flag。」

她已經將商城內容全部瀏覽一遍，此刻得出結論：「價格昂貴，沒有適用的東西。」

商城雖有，買不了也是沒用。幾人頓時失去興趣，注意力轉移回比賽本身，繼續研究當前狀況。

「心訣，妳的精神力異能是不是又升級了？」張遊忽然開口，提起剛剛共用視野的事情。

唐心訣點頭：「沒錯。」

鄭晚晴睜大眼：「精神力道具那麼貴，妳的積分不是都存著嗎？怎麼升級的？」

唐心訣露出一絲笑意：「精神力升級確實代價昂貴，但也並非沒有便宜可占，比如，先自創一個精神技能。」

「對哦！」郭果恍然大悟：「妳的異能都是自主覺醒的！」

自主覺醒和商城購買的最大差別，就在於前者可以自行升級，像唐心訣的馬桶吸盤和精神力、張遊的舊物回收能力。而如鄭晚晴「沙包大的拳頭」這種僅限商城購買的技能，就只能在商城花積分升級。

［視野共用］就是唐心訣這次自主升級後獲得的新能力。

借助這能力，她們雖然視野有限，卻將兩棟大樓的布局和考生大致看了一遍，心中有了點數。

張遊把位置布局畫了出來，「如果把宿舍大樓分為A和B兩棟，假設我們在B棟，那麼我們的位置是……」

唐心訣幫她補充，一邊說一邊也想拿筆畫，被張遊眼疾手快按了下去，「這是比較複雜的圖！」

唐心訣聳肩：「沒關係，妳畫妳的，我負責另一邊。」

張遊：「不行，妳畫的我們看不懂。」

唐心訣：「……」

郭果抱住唐心訣的手：「訣神，如果是簡單的圖還好，複雜的話妳來搞可能會有點抽象。」

唐心訣沉默兩秒，看向鄭晚晴，「我畫的很抽象？」

鄭晚晴吹著口哨移開目光：「我去看看外面情況。」

唐心訣：「……行吧。」

她悻悻放下筆，剛凝神看向紙張，忽然目光一銳，反手拉住要離開的鄭晚晴：「別過去！」

三人一驚同時轉頭，見唐心訣比了個噤聲的手勢，緊接著心靈連接重新開啟，腦海中響起她的聲音：『有人在窺視我們。』

窺視？

三人動作頓住，不著痕跡地向寢室內側挪了挪。

郭果在腦海裡緊張地小聲問：『隔著窗和擋板，別人也能看見我們嗎？』

唐心訣聲音微沉：『如果有能破解遊戲屏障的道具，或者精神力足夠強大，就可以。』

聽到解釋，幾人心中陡然升起不妙猜測，眼神交匯，唐心訣輕輕點頭，給出了肯定的回答：『精神力異能者。』

「成功了嗎？」

同一時間，另一棟大樓的另一間寢室內，氣氛同樣繃緊。

六個人圍在落地窗邊，五個人的目光緊緊黏在一名正閉著眼睛的矮個子圓臉女生身上。

幾秒後，圓臉女生睜開眼，臉色很難看：「我只能看到那個寢室靠近窗戶的地方，再往裡面就好像被什麼東西擋住了，什麼都看不到了。」

之前出聲問的高瘦短髮女生立刻催促，「那妳快繼續看啊高瑩，我們道具都花出去了，再努努力肯定能看到，妳放棄是怎麼回事？」

叫做高瑩的圓臉女生眉毛擰成一團，臉色更加難看：「……我還聽到了警告！」

她沒說的是，在警告出現的瞬間，一股危險感撲面而來，她連思考都沒來得及做就下意識退了出來。

「我覺得，」高瑩抿了抿唇，從牙縫裡擠出聲音：「那個寢室裡也有一個精神力異能者。」

「她發現我了。」

「放屁！」短髮女生想也不想就反駁：「精神力技能是要靠錢燒出來的，我們五個人供妳一個還不夠呢，妳選的那個寢室才四個人，能供出個屁。」

「好了蔣優妳少說兩句。」其他人連忙打圓場，又去勸高瑩：「蔣優說話直了點，她沒有生氣的意思，就是妳也知道，【望遠鏡】和【牽引線】都是消耗型道具，用一次少一次，我們把所有積分都花在上面了，妳看……」

高瑩臉色稍緩，想起室友的種種辛苦，安慰道：「沒關係，這次只是意外。我手裡還有兩次機會，換個寢室就行。」

「呼，妳有信心就好。」室友走上來摟住她肩膀：「我們能不能通關，全靠妳了！」

「對對，使用技能的時候千萬別有壓力，要怪就怪遊戲把我們設成了告密者，我們只想通關而已。」

「沒錯沒錯……」

聽著室友七嘴八舌的聲音，高瑩臉上的笑意漸漸僵硬，感覺腦袋裡嗡嗡作響。

剛安裝的精神技能還沒有適應，現在是最需要安靜的時候，室友卻沒有一分鐘閉過嘴，每個人都有一籮筐建議對她指指點點，好像擁有異能的不是她高瑩，而是這些人一樣。

但是……

高瑩沉默地抿住嘴，她不能把要求直接說出來。因為她能有今天，是寢室所有人一起傾力供給的結果。

她身上每一個精神技能，都是室友一點點湊出積分買下的，只為了把寢室裡唯一一個有精神力天賦的人培養起來，成為帶領寢室度過危險難關的希望。

室友們護著她，支援著她，卻也牽制著她，命令著她。因此高瑩只是照常沉默，思緒卻悠悠飄到剛剛的窺探上。

第一眼選中那個清瘦馬尾女生，她就知道對方很有可能不是善類。在那種情況下，敢先一步打開陽臺窗走出來的，要麼是蠢到極點、要麼是對自身的實力有自信。

那種從容和自信，隱祕地刺傷了高瑩。

她不禁聯想到自己：就算她敢出去，其他人也絕對不會允許。身負強大的異能又怎麼樣？還不是要和脆弱的室友一起躲在見不得光的角落裡。

可是憑什麼？

她不甘心。

高瑩又忍不住想，遊戲選擇她做「告密者」，是不是因為在某個瞬間，聽到了她陰暗的欲望和心聲？

不等想完，她的思緒被打斷，其他人催促她繼續。高瑩連忙調整好表情，閉眼重新連接精神力，開始選擇下一個目標。

高瑩知道自己要選一個軟柿子，先把寢室送通關再說。精神視野在兩棟大樓間漫無目的掃蕩，看著一排排陽臺連接的寢室，她警告自己收起無用的好勝心。

精神力技能挑選獵物，有兩類人絕對不能碰。一是像三樓盾牌女生那樣，展現出強大實力和戾氣的，多半意志堅定且警惕性高，一個搞不好很容易反噬。

二則是像六樓的清瘦馬尾辮女生一樣，讓人摸不清深淺的同行。

想到剛剛的失敗，最初的衝動消退，後悔的情緒湧了上來。

萬一那個女生的精神力等級比她高，反而追蹤上她呢？

萬一那個女生也是「告密者」呢？

萬一……

高瑩猛地一咬嘴唇，強迫自己精神穩定下來，絕對不能在這種時候因為胡思亂想而再失敗了！

她很快找到了獵物——精神力鎖定了五樓一個陽臺，用道具【望遠鏡】突破陽臺窗的防禦後，看到裡面三個女生抱著團瑟瑟發抖，其中一個正是之前差點被陰鷙男生一箭爆頭的倒楣蛋。

三個女生完全沒有察覺到異常，也看不見此刻頭頂上多出一條隱形的銀線，被無形力量操縱著沒入她們的天靈蓋。

『妳們現在很想走出去，走到陽臺上看看情況。沒關係，只是出去看一看，不會有危險的……』

三個女生臉上的表情漸漸消失，變成一片茫然，脖子牽引著腦袋僵硬轉頭，看向窗外。

『起來吧，首先，妳們要打開窗戶……』

一個女生踉踉蹌蹌走到窗邊，伸出手，聽著奇異的命令，打開了窗戶。

她的身影瞬間暴露在所有人的注視下。

看著這一幕，高瑩嘴角微微翹起，支配別人讓她有一絲微妙的得意和暢快感。她繼續在女生的意識中施加命令：『走到護欄那裡，向下看，傾斜，繼續傾斜……』

女生的腰彎得越來越厲害，幾乎將大半個身體折到護欄外，只差最後一點就要墜落下去。

就在這時，她腰間忽然有道光芒一閃而過，女生身體劇烈抖了一下，眼睛裡忽然恢復一絲清醒，死死抓住護欄尖叫起來！

高瑩猛然倒退一步，大喘氣著剛睜開眼睛，被衝上來的蔣優撞了一下。

蔣優撲到窗戶上也尖叫起來：「她身上怎麼有防護道具？高瑩妳剛剛選目標的時候沒看到嗎？」

失敗的沮喪和被指責的惱怒一同湧上，高瑩臉也沉下來：「不是妳們急著讓我找人下手的嗎？」

「好了好了別吵了！」

其他人連忙插進來，用力拉住高瑩的手臂：「快，趁那三個人還沒完全清醒，先把她們弄跳樓再說！」

高瑩卻不幹了，她用力一甩手臂：「我現在精神力消耗太大，等等再說吧。」

「憑什麼等等？」蔣優眼睛瞪大：「那我們花出去的道具怎麼算？」

高瑩也脫口而出：「妳們就存積分買更多道具唄，我現在只是初級精神控制，本來就不穩定。妳們要是不想出錯，就幫我買更高級的技能啊？買不起怪誰？」

蔣優胸口急劇起伏著，臉扭曲一瞬：「行，那妳以後一個積分都別想從我這拿，以後我只幫自己升級，再也不養妳這個廢物——」

她沒能把話說完，面孔上的憤怒忽然停滯，嘴巴還張開著，眼珠卻向下看去。

一抹刺眼的紅色，從她胸口爆開。

隨著女生身體轟然倒下，鮮血噴濺在窗戶上，顯映出骷髏般的圖案。

高瑩隔了好幾秒，才從死寂中找回聲音：「不是我做的！是詛咒！」

就在剛才蔣優緊靠著玻璃窗的幾十秒，有人捕捉到她的身影，並對她下了死咒。

她們挑選獵物的時候，在別人眼中，她們同樣是獵物。

『比賽提示：已有學生死亡，所有參賽學生疊加難度1%，當前總疊加3%。』

另一棟大樓，六〇六寢室內。

唐心訣收回精神力睜開眼，視野殘影還停留在圓臉女生驚愕的神情上。

張遊將畫好的宿舍大樓布局圖遞過來：「找到窺視我們的人了嗎？她是告密者嗎？」

唐心訣提起筆，在兩個不同的位置，做了紅色記號。

「找到了，還不只一個。」

第三章　精神異能者

唐心訣收起筆。

燈光灑在布局圖上，清晰照出兩個紅色記號，一個綠色標記。

紅色的一個落在A棟五〇一寢室，另一個則落在B棟三〇八寢室，綠色的則落在A棟五〇六寢室上。

唐心訣解釋：「A棟五〇一就是窺視我們的那間寢室，她們之中有一個叫高瑩的女生會精神系異能，等級不低，但操作不熟練。留下的蹤跡被我捕捉，找到她的位置。」

對方應該沒想到會被順藤摸瓜，透過窗戶能看到她們爭吵的身影。當唐心訣心念趕至，那名精神力異能者已經轉而對同一層五〇六的三個女生下了手，試圖催眠三人跳樓。

唐心訣便直接激發即將墜樓女生的防護道具，將高瑩的能力彈了回去。

而同一瞬間，一股極其陰寒的力量從她精神力後方呼嘯而過，直直刺入五〇一室內。

收回精神力的前一刹，她看見陰寒力量的來源——朝著她的寢室向下掃去，一個戴著口罩的黑衣男生正抱臂站在三樓窗內，露出一雙月牙似的，似是在笑的眼睛。

「所以，剛剛系統通報被殺死的人，和窺視我們的人，是同一夥人？」

郭果好不容易捋清邏輯，一時間張著嘴不知道該說什麼。

殺人的是「告密者」，死的也是「告密者」。

狼人，殺了狼人？

唐心訣點頭：「如果不是親眼見到，的確很少會將這可能性放進猜測裡。」

從另一方面，這也表明，比賽雖然將考生們劃分為「好學生」和「告密者」兩個互相殘殺的陣營，但陣營內部卻沒有保護措施。

就連玩狼人殺，狼人之間也會知道彼此身分，但在這場比賽裡，告密者卻同樣對「同伴」一無所知。

唐心訣聲音很輕，卻很冷：「遊戲在告訴我們，這裡沒有陣營之分，只有活人和死人。」

大家只論人頭，不論敵友。

從A棟五〇一的精神力異能者、B棟三〇八的黑衣男生，再到B棟五〇六的陰鷙男生，現在暴露在她們視野中的告密者已經有三組。

張遊眉頭皺成一個小小的川，看向唐心訣時充滿憂慮：「我覺得，告密者的數量應該遠遠不只這些。」

且不提現在展現出的危險很可能只是九牛一毛，就連百分百確認是「好學生」的，唐心訣也只能畫出一個，還是連續兩次差點被搞死的倒楣三人組寢室。

「為什麼能確定他們不是敵人？」連一向心大的鄭婉晴現在都有點草木皆兵了。

唐心訣：「因為他們太弱了。就算是告密者，也沒有任何攻擊性。」

至於如何形容，唐心訣想了想：「三個人加起來，差不多是半個歐若菲的水準吧。」

「……瞭解。」

剛說到那連續倒楣的三人寢室，尖叫聲就傳了進來，眾人注意力轉移到外面。

原來死亡提示響起後，被控制趴在陽臺護欄上的女生才澈底清醒，聲嘶力竭喊室友的名字。

另外兩個室友連忙衝上來幫忙，架著女生的手吃力地將她拖回去，然而還沒等走到窗戶前，另一個室友腰間的防禦道具忽然破碎，粉末炸了滿陽臺，在空氣中懸浮飄蕩。

粉末爆開後，外面就看不到陽臺內的模樣了。不少正在觀察這邊的考生心中均是一沉。

防禦道具破碎，代表有新的攻擊降落。

就在剛才，有告密者無聲無息收走了一個考生的人頭——這次會不會還是他？

「別忘記，告密者殺兩個人就可以直接晉級，這傢伙現在已經殺了一個，這次再讓他得手，我們就沒機會了！」

一間男生寢室內，有人奪走了室友的望遠鏡，急匆匆道：「快點做決定，衝不衝？」

「你說的倒容易，」被搶了望遠鏡的室友嗤笑一聲語速飛快：「道具誰出，攻擊誰抗，打不過怎麼辦？」

他們不想讓告密者搶先晉級，可也同樣不願意當別人的墊腳石。

不知道多少個寢室裡，大同小異的爭執迸發在這電光火石之間。而後在五〇六的粉塵散去之前，做出決定。

出手攻擊的告密者速度很快，哪怕受到防禦道具的短暫阻礙，在幾秒之後，籠罩著三個女生的粉塵洇上一抹濃黑的能量，像一股翻滾著從泉眼裡冒出來的黑水，汩汩向外蔓延，畫面詭異得令人心驚肉跳。

看不清也知道，三個女生處境不樂觀。

然而就在眨眼之後，兩條明亮如閃電的光芒從虛空中狠狠抽下，煙霧粉塵瞬間散開，兩個女生被閃電捲了出來，重重撞擊在護欄上，面孔還驚恐地扭曲著，彷彿剛剛在粉塵中看到什麼極為恐怖的事物。

這兩個女孩想伸手去撈仍被困在裡面的第三個室友，一面熟悉的盾牌比她們更快趕到。

是之前以盾牌為武器的長髮女生！

看不清盾牌女生是如何使用技能的，只能看見盾牌輕鬆拍開煙霧，割斷了隱藏在裡面纏住獵物的黑色能量，不住掙扎的女孩跌坐在地。

被盾牌一擋，黑霧如同蟒蛇吐信般盤旋著後退，卻沒有放棄的意思，而是在眾目睽睽下，不慌不忙在陽臺晾衣桿上盤踞下來，讓人感覺裡面彷彿有一雙無形的眼睛，正冷冷盯著陽臺裡的人。

但凡看到這一幕的圍觀者，心中無不升起一絲寒意。

無論這是技能還是道具，都太陰狠了。

哪怕有人說出手的是鬼怪，他們都會相信。

盾牌少女冷哼一聲，圓盾絲毫不畏懼地騰空升起，與蛇形黑霧劍拔弩張。

無論是她，還是那釋放出銀色閃電的不知名考生，都已經明確表達了要幫這三人的態度。更有無數考生在靜靜圍觀，這次告密者十有八九要折戟而歸。

剛被救下，還坐在地上喘氣的第三個女生忽然痛苦地叫了一聲。

她掐住自己的脖子，嘴裡發出越來越響的呵呵叫聲。身體不受控制地抽搐起來，眼球直挺挺凸起，眼淚嘩嘩向下流。

明明黑霧不在身邊，傷害卻依然存在。另外兩個室友衝上來按住她，只見被掐住的脖子上，赫然印著一個清晰的骷髏圖案。

「詛咒技能，真他媽毒啊。」

遠處，本來還在觀望的男生放下望遠鏡，搖搖頭走了回去。

變故發生在幾秒，女生已經出氣多進氣少，身體抵抗死亡的掙扎動作變得微弱，只有眼睛不甘心地向上睜著。

「救我……我不想……死……」

盾牌女生愣了。

攻守打架她絲毫不怵，但在解咒救人上，她卻無能為力。

因此哪怕盾牌將蛇形黑霧趕了出去，她也只能眼睜睜看著對面陽臺上，女孩的生命跡象逐漸消失。

四周一片寂靜，就在三人澈底絕望時，空氣中忽然響起一段極輕極淺、不仔細聽以為是幻覺的念咒聲。

中咒女生身體突然劇烈抽搐，像缺水的魚一樣向上彈起，脖子上的詛咒圖案發出駭人的黑光。

在詛咒上方，水滴形狀的瑩瑩白光不知何時飄在上方，緩慢而又堅定地將黑色圖案寸寸消解。

室友不敢相信自己的眼睛，她們有救了！

標著「三〇八」號碼牌的落地窗後方，戴著黑色口罩的瘦削男生猛然抬頭，看向自己上方，彷若自言自語：「五樓，還是六樓？」

而與此同時，六〇六寢室內。

郭果站在窗前滿頭冷汗，捏著水滴吊墜的手指發抖，卻還是一字一句念出首次使用的技能咒語，又透過唐心訣的精神力，將咒語的力量傳遞到遠處的另外一個女生身上。

「驅魔。」

她抖著嘴唇，雙手合十。

「淨化！」

一分鐘前，郭果望著五〇六的慘狀，握著吊墜的手指有些發白。

她也是意外發現，魔法吊墜會對三人寢女生身上的黑色氣息產生反應，預示著驅魔術可以使用。

就像金木水火土等自然屬性可以互相克制，遊戲中的技能也是一樣。解決三人身上的詛咒技能，不需要多強大的能量，唯獨需要與之相剋。

驅魔術，就是一個恰好克制對方的能力。

唐心訣溫和的精神力覆蓋著郭果，拍拍她肩膀：「妳如果想試一試，我幫妳把技能傳送過去。如果不想出手，我們就關上擋板。」

郭果咬住下唇，緊張到連眉毛都在顫抖：「我怕我操作不好，沒成功反而把告密者引過來。」

與其說是害怕，她更擔心其他三人為她的失誤承擔風險。

張游笑了：「如果妳不怕，那我們也不怕。」

鄭晚晴醞釀了一下：「我也一樣！」

她們言簡意賅，不想給郭果壓力，也不想引導她的選擇。

這是郭果的能力，選擇權也全在她自己，無論郭果怎麼選擇，她們都支持。

容不得再思考什麼，郭果的目光閃了閃，露出堅定：「幫我鎖定位置。」

瑩瑩光芒在吊墜中流動，紅色的水滴玉墜在這一刻彷彿有了生命。空氣泛起漣漪，柔和的白色光芒在蓬鬆妹妹頭上輕輕滑過，再出現時已經在掙扎不止的女生身上。

唐心訣的精神力釋放出的安撫效果，緩解了女生的痛苦，使郭果的技能順利落下。

技能真正生效的時間非常短暫——但立竿見影。

黑色圖案被白光消解殆盡的同時，女生恢復了意識。她茫然的瞳孔中照映出陽臺的模樣：一面巨大的盾牌虛影橫在護欄上，阻擋著一條手臂粗細的蛇形黑霧。

白色微光從脖子上升起，帶著最後一抹痛楚消散在空氣中，聽覺與思考能力同時湧回大腦，室友焦急的呼喊彷彿來自另一個世界，而比這更先清晰傳入耳中的，是一個陌生少女的聲音。

『快躲起來。』

女生一個激靈，求生本能比其他思緒更快上線，一個字都來不及說就在室友的攙扶下躲回了寢室內。「砰」一聲，五〇六的窗戶連同窗簾死死關上，隔絕了所有連接外界的可能性。

黑色能量凝聚的黑蛇直立起上半身，幾次想撲上來，卻被盾牌密不透風地擋住。眼見已經失去良機，黑蛇對著窗戶嘶嘶吐信幾秒，在盾牌斬過來的那刻陡然原地消散，化入空氣中不見蹤影。

盾牌飛回長髮女生手中，她唇鋒緊抿，英挺的眉眼沉了下來，「跑得比陰溝老鼠還快，你最好祈禱遊戲會讓你躲一輩子，告密者。」

最後幾個字落入沁涼的空氣中，連長髮女生自己都不覺得會有回應時，一道熟悉的刻薄聲音誇張地響起：「真不愧是不周盾，在強者手中真是千變萬化，在下真的好久沒看到這種景象了——」

不知道說話的男生是怎麼想的，一句話的末尾帶上了宛若波浪號的尾音，聽得人頭皮發麻，緊繃嚴肅的氣氛被橫空打斷，染上一縷說不出的詭異。

盾牌女生後退一步，她此刻心情不好，聲音一樣冷冰冰：「你認錯了，這不是不周盾。」

「只是暫時不是而已——讓鄙人看看現在它叫什麼，裂金盾？好俗氣的名字，和美女不太配啊。」

那聲音層層疊疊，從四面八方傳過來，讓人分辨不出聲音來源，只能被動聽著。

握著盾牌的手一緊，女生面色更沉，對這個只聞騷話不見其人的沒什麼好感：「我的東西，愛叫什麼叫什麼。倒是你，這麼喜歡聊天，出來聊？」

早在第一個告密者陰鷙男生暴露時，這個男聲就冒出來洋洋灑灑點評了一番，又悄無聲息消失，現在第二個告密者出來了，他又忽然出現，實在很難不令人產生懷疑。

這麼想的人不只一個。

就連六〇六寢室內，郭果一邊面色蒼白往嘴裡灌補藥，一邊還忍不住分析：「我覺得這個男的很可疑啊，他該不會就是剛剛用詛咒技能的告密者吧，訣神妳們覺得呢？」

唐心訣手輕輕在她肩膀上一按：「噓。」

「……」郭果瞬間僵住，連營養液都卡在嘴裡不敢咽下去，只能跟著唐心訣的目光轉動視線，落在窗戶邊緣。

擋板遮住了落地窗，只有邊緣處有一點光線透進來，此刻寢室四人的目光落在上面。

她們看不見外面，只有唐心訣能感覺到，一絲淺得令人無法察覺的黑氣，正沿著宿舍大樓的外牆絲絲縷縷向上蔓延。

『不用擔心。』她在精神連接裡解釋：『是告密者在查探我們。』

其他三人想：這很難讓人不擔心。

好在她們有了經驗，屏氣凝神如同老僧入定，把注意力調回自己身上。約莫過半分鐘左右，外界雜七雜八的聲音消失不見，唐心訣打了個響指：「他走了。」

告密者已經知道有精神系異能者的存在，心存忌憚不敢大肆查找，釋放出的那點能力在唐心訣面前根本不夠看。唐心訣乾脆把一棟樓的五層和六層全部施加了遮蔽，黑氣被搞得暈頭轉向，只能悻悻而返。

郭果連忙灌了半瓶水，才把營養液的味道蓋過去，吐著舌頭小聲抱怨：「我用一次技能都快被抽乾了，這些用起技能來源源不絕的，真的是人類嗎？」

她嘀咕完抬起頭，就看到技能源源不絕・疑似非人類・唐心訣本人。

郭果：「……沒有說妳的意思！訣神，喝營養液嗎？」

唐心訣在外面掃了一圈，心中有了數，回頭把郭果殷勤的小手推回去：「妳自己留著多喝點，這場比賽裡需要消耗的地方還有很多。」

見郭果苦臉，她勾起嘴角補充：「妳不覺得自己的能力提高了嗎？」

郭果一開始還沒反應過來，意識到唐心訣話中含義後，「咦」了一聲：「好像，真的？」

明明只是使用一次驅魔術，耗乾力氣後再用營養液補充上來，卻比以前更加充盈了。郭果形容不出來這種感覺……像身體裡有某個地方負責生產這些無形的「能量」，就像五維屬性一樣，微妙又切實地影響著她的實力。

唐心訣：「如果把我們的能力類比為水池，異能和技能就像水池裡的魚。水池越大，可容納的魚就越多。水質越好，魚就生長得越快。反之，就算花再多積分買了昂貴技能，也發揮不出效果。」

不僅郭果，張遊和鄭晚晴也是第一次聽到她這麼講，都仔細聽著。

「而一次次實戰演練，就是增強這個水池最好的方法。」

唐心訣望向窗外，沉靜的黑色瞳仁有一絲難以察覺的熱意。

「這裡是比賽，由幾百個在遊戲中存活了一週，拿得起學分和入場券，和我們十分相似，卻又截然不同的考生組成。」

「這裡就是我們的試煉場。」

考試也好比賽也好，固然危險重重，但從另一個角度來看，恰恰是最重要的生機所在——怎樣最快讓自己在某一領域變強？

內部競爭。

然後贏了。

唐心訣講了個冷笑話，寢室氣氛輕鬆不少。因為所有人都知道，這句話是對的。

郭果還下意識聯想了一下，目光戚然：「升學考時高手如雲也就算了，上了大學以為終於脫離苦海，結果發現大學也要爭，現在都被扔進這個破遊戲裡，每天被無數鬼怪虎視眈眈極限求生，竟然還要繼續？」

就連死，遊戲都要她們內部鬥爭，還有比這更慘的嗎？

鄭晚晴難得開導她：「往好處想，至少高中時一起爭的人與現在遊戲裡的都是同一批人，也是緣分。」

大家雖然素不相識，實則四捨五入早就是有過命交情的老熟人了！

郭果：「……」

好一場倒楣的孽緣。

告密者的實力為什麼強，毫無疑問也是從一場場副本中進化出來的。

這意味著對方有豐富的對戰經驗、敏銳的覺察力，以及強悍的心理素質。

幾人剛能喘口氣的功夫，張遊已經將三個寢室的標記點連接起來，神色嚴肅：「現在我們看到的，很可能只是告密者的冰山一角。」

兩棟宿舍加起來有四十八個陽臺、九十六個寢室，這裡面隱藏的告密者寢室，肯定不只三個。

唐心訣在紙上潦草畫了幾道，補充張遊的猜測：「沒錯。不僅如此，他們的實力應該參差不齊——在不知道彼此身分的情況下，不同的告密者寢室，選擇的策略也不一樣。」

所以有人自信到開局就自爆出手，也有人將自己隱藏起來，靜靜等待事態的發展和時機。

唐心訣繼續：「目前暴露出的三處告密者，至少有一個共同點，就是擁有能一擊必殺的異能。」

五〇六有爆裂弩殺人的陰鷙男生、五〇一能操縱意識的精神力異能者、三〇八能遠端詛咒的口罩男。

細想就能明白，只有這樣的能力，才符合遊戲對「告密者」的任務要求——殺人。

鄭晚晴立刻問：「那能不能把這一特點當做分辨告密者的篩選條件？」

張遊不太樂觀：「效果微乎其微，有殺人技能的人不會把自己的技能寫在臉上。」

「又陷入僵局了……」郭果剛嘆口氣，忽然眼睛一亮：「欸，現在好像只有我們知道這三個告密者是誰，是吧？」

她掰著手指頭數：「已知暴露在所有人面前的只有那個已經『死亡』的男生，剩下兩個告密者都是心訣發現的，我們要不要通知其他人這個消息？」

從理論上講，「好學生」陣營算是利益共同體，她們共用資訊不僅能幫其他人防備攻擊，還能幫激進派提供目標，可以說是一舉多得。

張遊卻沒讓她興奮幾秒：「可我們怎麼確保，其他人會相信我們說的話？」

至今為止，告密者所有攻擊都是偷襲，幾乎沒有留下任何痕跡。如果對方死不承認甚至反咬一口呢？

張遊搖搖頭：「告密者未必會露出馬腳，但我們百分之百會成為全場焦點。」

對方一旦知道她們有特殊的尋找方法，就如狼人殺第一天鎖定了預言家一樣可怕。所以她第一個反應，不是把這消息說出去，而是想和唐心訣商量出一種方法，將她們承受的風險轉嫁到告密者身上。

唐心訣卻一反常態地沒有說話，不知在思考什麼。目光則靜靜落在不停流逝的時間上。

八點四十七分。還有十三分鐘，她們就會自動進入下一個任務階段。

另一邊，郭果被張遊反駁得啞口無言，她悻悻摸摸鼻子，小聲幫自己找回面子：「我覺得用盾牌的那個姐姐，應該很想知道告密者身分，心訣之前還出去幫她說過話呢，也許……等等！」

她忽然想到什麼，倏地睜大眼睛：「那個盾牌同學，是不是也在三樓？」

郭果騰地起身在樓層布局圖上尋找盾牌女生的位置，手指很快停在她們寢室的左斜下方——三〇七。

視線微微移動，三〇七的旁邊，用紅色筆跡畫了一個危險的X號。

三〇八，就是詛咒者口罩男的寢室。

三〇七、三〇八，共用同一個陽臺。

郭果嘴唇輕輕抖了一下：「也就是說，她的旁邊就是……」

「阿嚏！」

盾牌女生揉了揉鼻子，本來就皺起來的眉毛擰得更緊。

她覺得有人在談論她，但是這個不重要，重要的是她杵在陽臺上半天了，沒有一個人出來和她打。

就連那十分欠揍的文縐縐聲音，都是說兩句就不知道藏到哪裡了。四顧望去，密密麻麻陽臺上空空如也，只有她自己站在這裡，顯得有點突兀。

女生臉色更臭了。

但即便如此，她也沒有回去的意思，甚至一個翻身坐在護欄上，盾牌囂張地扣在旁邊，撐著下巴冷笑，絲毫不在意自己成為整場最顯眼的靶子。

同樣，她也沒有注意到，距離不到兩公尺的隔壁寢室內，漆黑如墨的玻璃窗後，又無聲無息拉上一層窗簾。

「他們不會再出手了。」

郭果恍然半秒，才意識到這是唐心訣說的話。

她轉過頭，撞上那雙熟悉的眸子，唐心訣從短暫的興奮中恢復冷靜，簡潔地指出：

「距離我們自然通關的時間沒剩多久，他們已經失去了最好的時機。沒必要再為了這幾分鐘冒險殺人。」

更何況，盾牌女生敢一人站出來，就說明她有無差別對抗的底氣，告密者不是傻子。

事態發展正如唐心訣所說。

短暫的衝突和交鋒過後，「賽場」重歸寂靜，剛剛鬧出的動靜就像石子沉入大海，試探著激起一圈漣漪後消失不見。

最後的幾分鐘彷彿被無限拉長，連遊戲的沉默對部分人而言都像是行刑前的焦灼。

寂靜中，不少人心中生出一個想法：遊戲會讓他們順利通關嗎？

八點五十五分，倒數五分鐘。

唐心訣手指輕輕敲擊著螢幕，忽地抬眼：「下雨了。」

「什麼？」

幾人透過縫隙看向窗外，天色似乎稍微陰沉了點，但並未見到雨點。

不等唐心訣再開口，遊戲提示橫空響起：『本任務階段尚未有提前通關者，所有好學生基礎獎勵*2，擁有任務道具者將在九點整自動進入下一任務階段。』

眾人精神一振。這是比賽開始以來，遊戲給出的第一個「好消息」！

然而不到一秒，提示繼續彈出：『未擁有任務道具者，將在九點整集體抹殺。』

「啪嗒」，窗戶輕輕響了一聲。

旋即拍打響聲越來越密集，伴隨著嗚咽般的風聲，將窗戶震得微微搖晃。

「唰」一下，唐心訣拉開擋板。

伴隨著澈底變陰的天空，狂風席捲著鋪天蓋地的雨水，重重砸了下來。

這是比一個小時前猛烈數倍的暴雨。

暴雨遮蔽了所有人的感官和視野，為一切行動覆蓋上難以察覺的罩子，即便有人在這樣的環境中主動發出攻擊，也很難被找到位置。

這儼然是一個絕佳的、天然的、避無可避的，只差獵物的狩獵場。

隔著空蕩的陽臺和厚厚雨幕，能看到將近半數的陽臺上，漆黑的斗篷正掛在晾衣桿下搖晃。

手機提示聲在此刻的疾風驟雨裡，顯得十分微弱。

『你們有一次重新獲取道具機會。』

『是否接受？』

第四章　道具

暴雨的到來，將稍微鬆口氣的比賽氣氛瞬間推上緊繃的頂點。

所有以為躲在寢室裡就可以苟活下去的考生，都被這場雨潑了個透心涼——

他們不出門，遊戲就逼他們出門！

手機上，鮮紅刺眼的倒數計時被放大，一秒一秒向下墜落。

4：59、4：58、4：57……

「沒關係，只要拿到道具就好，只要……」

在窗前不停低聲默念著這句話，越來越快地重複十幾遍後，寂靜的寢室內，一個女生猛地推開窗戶，打著傘衝入雨幕。

相似的情況，發生在不同的地點。

哪怕唐心訣不用精神力掃視，也至少能看到數十個寢室的窗戶打開，衝出來的或是男生或是女生，或單獨一人或幾人一起，冒著大雨拽晾衣架上的黑色斗篷。

互相試探維持平衡的賽場，在這一刻陷入混亂。

比起五分鐘的抹殺倒數計時，連隨時可能落到頭上的告密者威脅，都變得可以忍受了——至少眾人可以抱著僥倖心態，覺得告密者不一定會選中自己。

直到倒數計時四分鐘，死亡提示出現。

『已有學生死亡，所有參賽學生疊加難度1％，當前總疊加4％。』

「第四個了。」

張遊望著窗外暴雨，她現在有點後悔沒在昨天裝潢的時候，幫窗戶安裝一個自動雨刷，至少能讓此刻的視野稍微清楚一點。

唐心訣的精神視野共用不可能時時刻刻開著，她們只能用自己的眼睛去分辨外面的情況，然後得出的結論是：根本找不出凶手。

只能從沒有出現「提前通關提示」這一點，判斷剛剛出手的告密者，並不是已經殺了一人的口罩男。

那會是誰呢？是剛剛死了室友的精神力異能者高瑩，還是其他隱藏的告密者？亦或是正常考生反擊，告密者偷雞不成蝕把米？

「啊，我終於看到了！」郭果弓著腰瞇著眼睛，手忍不住在窗戶上一拍，「我看到對面了！」

就在窗外正對面，也就是A棟六〇六的位置，一直關得死死的窗戶被小心翼翼推開，兩個全副武裝的男生露出了腦袋。

他們沒有直接跑出來收衣服，而是站在裡面，遙遙探出來一根長到離譜的晾衣叉，剛好搆到晾衣桿的位置，緊接著就像表演雜技一樣，開始搖搖晃晃試圖把斗篷勾下來。

「他們把兩個晾衣桿綁起來，然後另一端用膠布纏在手上。」看得最清楚的唐心訣掃了一眼，為不明所以的室友解答。

這個寢室很顯然是經過考量的——只拿一個晾衣叉很可能會被大風捲進雨裡，隻身出來又不安全，才想出加長版晾衣叉的方法。

同樣劍走偏鋒的寢室不只一個，絕境總能讓人爆發出強大的創造力。她們甚至隱約看到有人把床單繫在兩把椅子上，利用椅子的重量和摩擦力與瘋狂飛舞的斗篷鬥爭。

倒數計時三分三十秒。

『已有學生死亡……當前疊加難度5%……疊加難度6%。』

死亡提示幾乎是連在一起響起的，昭示著越來越險峻的外界環境。

不知從哪個方向傳來隱約的歡呼聲，實力稍強的寢室先一步取得道具，一扇扇窗戶在暴雨中重新關閉。

無形的壓力在剩餘寢室間蔓延開。

人數越少，被告密者攻擊的幾率越大。她們不僅僅要完成任務逃避抹殺，還要比其他人更快完成，分秒必爭。

「什麼叫比賽？」

安靜的寢室內，男生皺著眉拉上窗簾，把望遠鏡扔到探頭探腦的室友手裡，嘴角勉強扯起一點弧度：「這就是比賽啊。」

比考試還要殘酷、比副本還要危險、比鬼怪還要可怕。

『……疊加難度6%……疊加難度7%……。』

『已有考生提前晉級！當前通關人數：5。』

這次的提示直接出現在所有人腦海，唐心訣在接收到的第一時間就釋放出精神力查找，結果剛剛探入雨幕，就被迎面飛過來的盾牌險些撞個正著——

橢圓形的鋒利金輝破開暴雨，裹挾著凜然殺意向上飛來，儼然是開到了滿值攻擊狀態！

唐心訣調動精神力不動聲色地避開。只見盾牌明顯已經鎖定了目標，直接飛向對面五樓的一處寢室，然而只空自撞在落地窗上，沉悶的撞擊聲被雨水掩蓋。

盾牌一擊不中停頓了兩秒，就在它面前，一道清晰而巨大的記號橫在陽臺窗上。

那是一個綠色的圓圈，代表寢室已經通關離開。

視線收攏，寢室的門牌號是五〇一。

就在十幾分鐘前，這個門牌號剛剛被唐心訣記在紙上，也是同一時間，整場比賽的第二個死亡考生在這裡誕生。

A棟五〇一，精神力異能者所在的告密者寢室。

唐心訣想起那個名叫高瑩的女生，心中了然。精神力技能是極少數不會受暴雨影響的能力，再加上考生們心神動搖，只要能抓住時機果斷出手，通關可以說是輕而易舉。

她們寢室原本應該有六人，被口罩男咒殺一人後還剩下五人，故而整個寢室一起，通關人數自然就變成了五。

心念轉動間視野下降，落在盾牌女生所在的陽臺。長髮女生站在雨中一言不發摸著盾牌，方才的暴怒氣息已經冷靜下來，此刻不知在想什麼。

唐心訣注意到，盾牌沾了血跡。氣味已經被雨水沖淡了，卻還是隱隱縈繞在附近。

——剛剛被殺死的好學生，要麼是盾牌女生的室友，要麼是附近的考生，甚至有可能就死在女生眼前。

唐心訣心中有了答案，將目光轉移到陽臺的另一端。

三〇八，口罩男所在寢室依舊門窗緊閉。但若仔細看去，還能看到玻璃上殘餘的印記。就像有人曾在外面掙扎著試圖打開窗戶，匕首之類的利刃在上面劃下的。

劃痕很淺，時間不長，這個人死得無聲無息。按照那個叫高瑩的女生上一次出手的習慣，他很可能已經墜樓。

是口罩男嗎？

大概不是，口罩男實力不至如此。

唐心訣按下思緒，見長髮女生收起了盾牌，無視淋在身上的瓢潑大雨，陡然轉身邁向三〇八，開始敲窗戶。

她的猜測被證實了。

死亡學生果然是三〇八的人，至少其中一個是。口罩男並未現身，盾牌女生敲了幾下沒有回音，便自顧自說：「剛剛那個同學，我沒抓住他……但他手腕上有個手鏈，留在我這裡。」

女生一翻手，上面出現條銀色鏈子，她彎腰把東西放在窗前，轉身要走，又微微停下，低聲說了句：「我不是告密者，不會傷害你們。如果你們害怕，我會先回寢室，你們再出來拿東西吧。」

三〇七窗戶關上，盾牌女生身影消失在陽臺。過了幾秒，三〇八的窗戶打開了，唐心訣熟悉的戴口罩的身影出現在面前。

這次唐心訣看得很清楚。男生是黑色順毛短髮，身材瘦削偏高，皮膚泛著和她相似的冷白色，眼睛的確彎彎的像是在笑，裡面卻沒有笑意。

他彎腰撿起手鏈，像把玩一般摩挲了幾下，指骨忽然用力，手鏈就碎成了齏粉。

一條條黑色的氣息從裡面鑽出來又飛快沒入雨中，其中一半被唐心訣用精神力迅速攏住，剩下一半則成功散開不知所蹤。

口罩男沒察覺附近有「其他人」的存在，他手插著口袋靠著窗框，似乎在等待什麼。

十秒後，遊戲提示響起：

『有考生提前通關。』

『目前比賽進度：死亡8，通關12。』

站在窗前的口罩男身影轉眼消失，玻璃窗上只剩下一個綠色的圈。

倒數計時兩分鐘。

死亡提示和通關提示交錯糅雜在一起，卻沒幾個人有心思去在意了。

對於還沒拿到斗篷的人來說，不被抹殺比任何事情都重要。哪怕隔壁寢室突然有人尖叫著倒下，他們也能繼續抱著護欄心無旁騖地和暴雨搶衣服。

「別他媽出來殺人了！趕這兩分鐘投胎呢！誰再來搗亂就一起死！」

有人徹底崩潰了，直接掏出個道具往腳下一扔，方圓一平方公尺的位置瞬間亮起紅光，不祥地閃爍個不停。

沒辦法這麼威脅的只好另闢蹊徑，有人從寢室裡拿出一大堆物資，插了個白板「手下留情好漢自取」，也有人試圖用暴力手段摧毀晾衣桿，命都快沒了還要寢室完整度有什麼用——甚至還有人臨時談生意，想雇傭附近的大佬考生幫忙取衣服。

比賽初期維持的平衡早已土崩瓦解，只剩下無秩序的混亂與瘋狂。

『倒數計時三十秒。』

唐心訣收回精神力，對還在觀察的三人說：「做好準備。」

郭果緊握著道具和斗篷一角，與室友們緊張地對視一樣，用力點頭：「準備好了！」

她們知道，通關進入下一階段，並不代表就能鬆一口氣。遊戲已經透過種種細節透露出來，那才是最危險的時刻。

『十、九、八……』

「拿到了！」

六樓陽臺上，一個女孩狂喜地捧住剛剛拽下來的斗篷，轉身向室友們揮手，卻見到她們臉上出現更加驚恐的表情。

「妳們害怕什麼？我已經拿到……」

女孩揮手的動作僵住了。因為隨著斗篷布料盡數從晾衣桿拽下，一隻藏匿在斗篷下的枯瘦藍手，從陰影裡伸了出來。

那是一隻深藍色的，長滿瘤子又瘦得宛如骷髏的手臂。

在被推下陽臺前的最後一秒，女孩眼睛還睜得很大，不敢相信自己看到的。

『恭喜妳們，成功進入比賽下一關。』

『本次通關總人數：327，死亡人數：76，比賽疊加難度：76%。』

『難度已更新，友誼聯賽繼續！』

唐心訣睜開眼。就在通關的瞬間，世界被覆上零．五秒的黑暗，然後恢復如常。

寢室、陽臺、兩棟宿舍，彷彿從未改變。

但她能清晰地察覺到，有變化產生了。

『叮咚！』

『天晴了，透過與其他寢室同學們的溝通，你決定重新把重要的衣服拿出去曬太陽。你很慶幸它沒被大雨颳走，但畢竟把衣服曬乾才是最重要的事情。』

『任務三，請把道具重新放回原位晾曬，倒數計時一分鐘。』

張遊也看到了遊戲指令，看過來：「走嗎？」

唐心訣看了外面一眼，當機立斷：「我來。」

熟悉的倒數計時內，幾十面落地窗幾乎在同一時間被推開。唐心訣速度極快，大多數人剛露出個腦袋，她已經站在了護欄旁。

風平浪靜的陽光和新鮮空氣一起撲面而來，但另一樣東西來得比空氣還快。

「心訣！」

「訣神小心！」

——是兩道來勢洶洶直奔面門，且截然不同的技能攻擊。

受到攻擊，唐心訣毫不意外。

用人頭提前通關，最有利的時間就是關卡伊始。上一關不少告密者還在適應比賽，故而選擇隱藏起來等待適合出手的環境。

這一關，卻在剛開始就給出了這樣的環境。

遊戲強迫所有人必須出現在陽臺上，注意力又被時限一分鐘的任務吸引，倉促之下連抵擋攻擊都很難，更不用說辨別攻擊者了。

抬眼瞥去，兩道攻擊技能分別來自左右兩個方向，一道是短小尖銳的冰錐，一道是黑蛇般的霧氣。

前者顯然是無差別群攻，後者的針對性更強，速度也更快。

唐心訣沒有直接閃身躲開，而是彷彿完全沒發現危險一樣，手腕一翻斗篷揚起，黑色布料便憑空捲出了氣流。

幾不可聞地一聲輕響，氣流與冰錐正面撞迸。後者被「颳」偏了方向，反而和黑霧重重撞上！

「嘶啦」一聲，燒焦般的氣味霎時在空中蔓延開。

「心訣……」

鄭晚晴剛想開窗出去幫忙就被拉了回去，張遊示意噤聲：「別干擾她。」

一回頭的功夫，唐心訣斂手撤開，斗篷的一角已經搭在了晾衣桿上。

她面前，兩道攻擊堪堪停在護欄外。黑霧被阻擋，發出小蛇吐信般的「嘶嘶」聲，不過轉瞬間，冰錐已經被侵蝕得只剩一小塊。

感應到侵蝕的對象不對，黑霧停頓一瞬，它轉動尾巴尋找其他氣息。就在成功找到目標時，清脆的響指聲從唐心訣手上響起。

黑霧再次停滯下來。

環境沒有發生任何改變，但它卻捕捉不到獵物的氣息了。

唐心訣就在面前好整以暇，黑霧卻失去了感應力。但它的指令讓它必須攻擊，於是在無聲地停頓後，它繼續撕咬起冰錐來。

冰錐澈底消融，黑霧隨之纏附其中消失在空氣裡。

同一時間，唐心訣也搭好了斗篷的另一角，兩邊一拽，衣服徹底蓋在晾衣桿上。

從頭到尾，從外界看來她似乎什麼都沒做，僅僅是行雲流水地搭了個衣服而已。

『你成功搭好了衣服，陽光很快就會把它曬乾。你覺得已經大功告成，準備心滿意足地回到寢室，但就在這時，你發現……』

任務提示聲在耳邊戛然而止。

還未細想，唐心訣就聽到外面響起驚叫聲——告密者的無差別攻擊雨點般落了下來，伴隨著門窗開合聲交雜重疊，亂作一片。

「結束了嗎？只用了七秒欸！」

郭果難掩興奮地一拍大腿，又因為拍疼了而忍不住齜牙咧嘴。

就在這時，從陽臺另外一側傳來的「唰啦」一聲，讓六〇六所有人轉過了頭。

被打開的是六〇五的窗戶，兩個女生畏手畏腳從裡面鑽出來，埋著頭也沒與她們打招呼，直接衝到晾衣桿下面曬斗篷。她們還拿了晾衣叉，可從雨水裡撈出來浸濕的斗篷十分重，剛支上去就差點把晾衣叉帶著墜到樓下，嚇得兩個女生連忙扯下斗篷，改用手往桿子上扔。

唐心訣默不作聲看了她們一眼，移開目光轉向外面。

剛剛的冰錐果然是大範圍攻擊，而且選擇這麼幹的不只一個告密者。在各個考生的防禦下，至少幾十根冰錐從樓層間向下墜落，與之同時還有火箭、石頭……甚至五彩斑斕的甲蟲。

它們有的目標隨機，有的則瞄準了某一樓層，雖然群體攻擊幾乎無法造成致命傷，但還是免不了有倒楣考生中招。

就在對面三樓，有一個男生捂著胸口「哎呀」一聲倒地，胸前洇出一灘鮮紅。

趁人病要人命！同時至少有三種技能爭先恐後向他飛去，男生雙眼大睜罵了一聲：「你們在搶人頭呢！」

攻擊還沒落到身上，他就地一個打滾躲了過去，一邊罵罵咧咧一邊往寢室裡面爬。

告密者當然不肯放過這個機會，只聽破空聲驟響，一根手臂粗細的巨大冰錐泛著凜然寒光，直接刺了過來！

男生拍地高呼：「英雄救命啊！」

盾牌破風應聲而至，擋了冰錐一擊。順著軌跡看去，B棟三〇七的長髮女生冷著臉盤腿坐在護欄上，斗篷在她身後輕輕飄動。

待到看清被追殺的男生時，長髮女生卻一怔：「怎麼又是你們？」

六〇六寢室內，鄭晚晴也問出了這句話：「怎麼又是他們？」

她雖然常年浸泡在論文裡，練出了僅次於唐心訣的文字記憶力，在認人方面卻是半個臉盲。但饒是如此她也認出，對面正在慘叫的男生正是比賽剛剛開始時，舉著白旗出來投降，同伴還被告密者一箭射中心臟的，三〇三的倒楣考生。

此刻，這個倒楣男生正在地上打滾。盾牌擋住了冰錐，但是沒擋住從後面偷襲過來的蟲子。

男生慘叫著把一隻花斑蜘蛛從手臂上薅下來甩出去，手腳並用飛快閃進了寢室。

約莫十秒左右，遊戲報數，新增一名學生死亡。

眾人：「……」

這也太倒楣了吧！

唐心訣手指在護欄上輕輕敲動，她巡梭在三〇三外的目光沒什麼情緒，定定觀察了須臾就轉開目光。

場上複雜且精彩，從她的角度可以一覽無遺：精神力異能寢室派了謹慎的普通考生出來掛衣服，口罩男的寢室也同樣如此，出來掛衣服的男生臉色蒼白如紙，手還在輕微顫抖。

唐心訣看到，男生的手腕上，掛著一條氣息陰冷的銀色手鏈。

盾牌疾速飛回，被長髮女生「咚」一聲握在手裡。又一次沒抓到人，女生冷著臉從護欄上跳進陽臺，這才發現旁邊新出來的男生。

或許是想起不久前這間寢室才犧牲了一名室友，她臉色一緩：「需要幫忙嗎？」

男生手腳一僵，嘴唇顫抖著似乎想要說話，最後還是什麼都沒說，沉默地掛好了斗篷。

長髮女生只當他過於謹慎且害怕，便沒再說話，轉頭就要推窗戶進入室內。

「等等！那個……」

做完任務的男生突然出聲叫住了她，開口時的臉更慘白了幾分，目光若有似無向窗戶內瞟，連聲線都在發抖：「我……」

「越穹我X你馬！」

一聲驚怒交加的暴喝從遠處炸開，打斷了他們。

叫喊聲來自最底層的一樓，一個染了黃色頭髮的肥胖男生半跪在陽臺上，捂著脖子的手青筋凸起：「你馬的，你給我下詛咒？我們都是告密者，我他媽都沒對你出手，你要搞死我？」

他對著上方伸出手，冰霜迅速在掌心凝結成型，變作一根巨大冰柱似乎要射出去，卻沒能成功。

幾個呼吸的時間，他兩眼翻白咽了氣，身體頹然倒下，露出脖子上的詛咒圖案。

同一剎那，場上所有的冰錐消失無蹤，只有系統固定而冰冷的提示：『新增死亡考生一名。』

「這個死的人是告密者，殺他的也是告密者，告密者可以殺告密者？」

「所以用詛咒殺人的告密者叫越穹，有人認識嗎？能找到位置嗎？」

「看我幹嘛？我的技能才是初級卜算，光知道名字有個屁用，你把他生辰八字告訴我再幫你算。」

告密者在眾目睽睽下的死亡，激起了前所未有的波瀾。

但更讓人不理解的是，詛咒技能者為什麼選了同陣營且認識的考生下手？難道以前有仇？

「……不是我殺的。」

三〇八寢室內，戴著黑色口罩的男生坐在椅子上，難得用手指捏著眉心，一向彎成月牙的眉眼難得有些燥意：「我說了不是我殺的，聽不懂？」

屋子裡安靜得詭異，站在旁邊的一個男生小聲說：「肯定不是您殺的，是潘龍自己傻認錯了。至於圖案，可能有其他人也覺醒了同樣的能力……不，您肯定是獨一無二的，他們是兌換的……」

越說越不清楚，他頭上有冷汗滲出，見越穹已經要望過來，連忙轉移話題：「豪子還站在外面！他、他怎麼還不進來，不會被旁邊的女生發現什麼吧？」

越穹眉心忽地一動，手指緩緩放下：「這個智商還不足以發現什麼。」

「但如果是另一個，如果她智商夠高。」男生眉眼重新彎起來：「……我好像知道，潘龍是怎麼死的了。」

「叮咚！」

手機的提示聲嚇了眾人一跳，看清是任務倒數計時歸零後，激烈的討論聲暫時停止。大家一邊迫切想找出告密者，一邊又擔心比賽隨時搞騷操作坑人，神經緊繃到極點，空氣中連呼吸聲都幾乎聽不見了。

然而過去半晌，四周卻沒有任何變化，遊戲也沒給出下一步提示，讓人有些許不知所措。

連續兩個打岔下來，再沉著的人也有點受不住，更不用說本來就性格暴躁的。

像個門神一樣杵在三〇七門口的長髮女生抱著雙臂，舌尖抵著腮幫子，眉心幾乎要擰成麻花，又注意到旁邊寢室那個還傻站在原地的男生，耐著脾氣問：「你剛才要說什麼？」

男生回過神來，眼睛沒什麼焦距地落在她身上，不知是不是逆著陽光的原因，竟有點發紅。

然而不等長髮女生仔細看，三〇八的陽臺窗傳出兩下敲擊聲。

不輕不重的兩下，卻讓男生身體猛地一抖，飛快握住右手手鏈，一言不發地埋頭走回室內。

「喂，」長髮女生目視他進去：「你不說了？」

「砰——」回答她的只有窗戶被關上的聲音。

長髮女生：「……」

她面無表情轉頭，覺得外面的光線是如此憋悶，讓她恨不得砍東西發洩一下。

算了，都見鬼去吧，她就不該出來！

轉身就要往回走，女生動作卻陡然停住，握著盾牌的手一緊，整個身體呈現準備攻擊的警戒姿態。

因為她在自己耳朵裡，聽到了不屬於附近的少女聲音。

那個聲音說：『不要進屋。』

『陽臺上還有東西。』

沒覺醒精神異能前，唐心訣的感知敏銳度已經遠超大多數人。

當精神力開啟，附近再微小的變化，都無法逃離她的感知。

比如，就在「晾衣服」任務的一分鐘倒數計時結束，手機螢幕彈出提示的那刻，她的精神力自動投向了陽臺的某處。

微風吹過，晾曬著的斗篷被吹動，泛起一絲漣漪。

唐心訣目光凝在上面。

漣漪的形狀不對。

正常被風吹動，布料上的波紋會順著滑下來，而不是像現在這樣，滑到一半陡然停住，在空中鼓起一個半球狀圓形。

就像……裡面藏了什麼東西一樣！

她出手的速度比風吹過來的速度更快。斗篷被掀開時，骷髏般的藍色畸形生物甚至還沒來得及躲閃，就完全暴露在空氣中。

「嘶——」

怪物張開尖齒滿布的嘴，似乎在威脅，又像是要撲將下來。

然而張開利爪作勢下跳的瞬間，怪物卻猛地一蹬就要向外衝去。它沒料到聲東擊西並未成功，因為唐心訣直接拽住斗篷兩端向下一兜，將藍色怪物牢牢鎖在裡面。

『東西就在斗篷裡。』

她在擴散開的精神力中說道。

發出聲音只需要一個識海，但是接收資訊的地點可以同時分散在三個不同的陽臺。

從唐心訣的視野看去，五個火團正在精神領域中燃燒，每個火團大小顏色不一，其中最大的一簇呈現出明烈的橘紅色，火苗正在猶疑地跳動。

『妳是誰？我憑什麼相信妳？』

唐心訣：『妳可以不信，遊戲已經給過隱晦的提示，這東西出現的時間應該很短，小心別讓它跑了。』

視野下沉到三樓陽臺，長髮女生雖然嘴上凶巴巴說著不信，卻已經敏捷地閃到斗篷下方，捕捉到裡面還沒消失的藍色。

怪物半個身子已經消失在斗篷裡，下一秒就能澈底跑掉，它咧開嘴彷彿嘲笑般朝長髮女生呲牙。

長髮女生也露出一排白牙，然後盾牌從天而降，將藍色怪物砸暈在斗篷裡，裹著布料重重落地。

與此同時，另一個收到消息的陽臺上，一個男生悄悄溜了出來，也同樣找到了斗篷裡的怪物。

——那個女生聲音說的是真的！

他一邊緊張地觀察四周一邊掏出平底鍋罵罵咧咧把怪物打了下來。誰知道還沒想好要怎麼處理它，下一秒卻見藍色怪物憑空消失……消失了？

真．字面意義上的憑空消失，地面只留下一灘水漬。

「看來不能讓它接觸地面。」唐心訣睜開眼，掂量兩下斗篷裡面東西的重量，把它扔回寢室內。

張遊伸手接住，入手處冰涼的溫度向上蔓延，皮膚忍不住起了層雞皮疙瘩。奇怪的是被斗篷包住後，藍色骷髏怪就不再掙扎了。郭果不敢碰，只能從鄭晚晴肩膀露出腦袋，緊張地看兩人打開裹緊的黑布。

鄭晚晴的拳頭和張遊的帳本已經做好了準備，卻在黑布澈底掀開的一刻頓住動作，驚訝地面面相覷。

厚重的黑色斗篷下，赫然是一顆圓滾滾的深藍色球體！

「那隻怪物……結繭了？」

郭果愣愣開口。若非如此，她實在找不到理由解釋這短短幾秒內的變化。

張遊皺著眉把球體翻了一圈，「不是結繭，這就是那隻怪物。」

只是出於某種原因，怪物的形態發生了變化。由一隻形狀醜陋能攻擊人的怪獸，變成了一顆毫無攻擊力的，圓滾滾的巨大皮蛋。

幾人沉默兩秒，就在張遊想伸手再摸摸這顆蛋觀察情況時，唐心訣忽然隔著窗戶做了個收聲的手勢。

「噓，妳們聽。」

一道詭異的系統提示聲，在腦海中悄然響起。

從陽臺抓住怪物到現在，一切發生在瞬息。

陽臺外，許多考生甚至沒發現有怪物的存在，只有寥寥數人恰巧發現這件事，有人和怪物纏鬥到一起，也有人第一時間躲起來尋找救兵。

這些異響吸引了附近考生的注意力，然而當眾人想一探究竟時，那些鬼魅般敏捷的藍色影子忽地同時往斗篷裡一鑽——「嘩啦」一聲，斗篷被扯下來，裡面空空如也。

就像毫無預兆出現一樣，怪物們又毫無預兆地消失了。

遊戲想幹什麼？這些怪物是什麼東西？考生們還在丈二和尚摸不著頭腦，又聽到了樓下傳來的吼聲。

「潘哥！你怎麼也死了！」

A棟一樓，黃毛咽氣的陽臺上，一個膀大腰圓的黑胖男生橫衝直撞跑了出來，抱起黃毛身體大吼不止：「李哥死了，你也死了，剩我自己一個怎麼搞啊？這不是要我命嗎！」

大個子嚎得青筋暴突真情實感，嗓門響徹兩棟樓。一邊喊還一邊用銅鈴大小的眼睛瞪附近的考生，惡狠狠道：「是不是妳幹的？」

「不是我，不是我！」

被盯住的女生連忙擺手向後退，連掉在地上的斗篷都不敢去撿，半點也不想惹面前這個看起來腦袋不太好的大個子。

好在大個子憤怒歸憤怒，還是先拖起黃毛的屍體，似乎準備運到寢室內。四周無人敢阻止，只能眼睜睜看著他動作。

對於一眾考生來說，告密者等於凶殘變態的殺人魔，能不惹就不惹。因此哪怕告密者就這麼大喇喇出現在視野裡，一時間也沒人動彈，甚至希望他早點進去。

可就在他一腳邁進屋內，另一隻手搭在窗戶上準備關門時，動作卻猛地停了下來。

隔壁寢室想要偷偷撿斗篷的女生：「……」

「真的不是我，他自己說過是一個叫越穹的人詛咒了他，和我沒關係啊！別殺我！」

女生捏著防護道具一步步後退，因為過度緊張連淚花開始往外冒。

可直到她退到窗邊，大個子卻依舊一動不動。仔細看去時，還能看到對方的手臂在用力之下青筋凸起，卻始終靜止在原地。

這種狀態，就像是……

女生心頭狂跳。

就像被控制了一樣！

眾人看不到的地方，大個子男生臉憋得漲紅，牙齒磨得咯咯作響，拚命想擺脫施加在身上的束縛。

然而無論他怎麼用力，還是無法找回身體的控制權，只能被迫停在原地，心中驚慌不已。

潘龍上一關就說過，這場比賽裡恐怕有精神力異能者，但他沒想到能這麼倒楣被自己碰上。

大個子艱難張嘴，本能地想求助同伴，卻後知後覺意識到一件更加倒楣的事：他已經沒有同伴了。

手中潘龍的身體已經冰涼，帶著死亡的標誌在空氣中寸寸消失。男生惶恐地握緊拳頭，用盡力氣發出聲音：「你是誰，你要，幹什麼？」

回答他的，是一道陌生清冽的女聲。

「要你的命。」

佩著粉色星星的箭破空而至！

『幸運弓箭：你有百分之五十的機率命中目標，想知道你的幸運值嗎？用目標掉落的生命值來驗證吧！』

六〇六陽臺上不知何時站了四個女生。

最靠近外側的護欄邊緣，唐心訣晃著手裡的球形斗篷站在護欄邊緣，她身側站著的短髮女生則挽著一張弓，咬著下唇瞄準了一樓方向。

「諸位告密者，抓緊最後的幾分鐘。」唐心訣溫和而不容置喙地開口道：「獵殺時刻開始了。」

「只不過這次，是我們，來獵殺你們。」

第五章　獵殺

箭矢刺入大個子男生的肩膀，轉瞬便化作一道金色微光散開，沒留下任何傷口，男生的臉卻明顯白了幾分。

只有他自己能看到個人狀態中，代表生命值的綠條下降了一大塊，轉眼跌入黃色危險區域，連身上的防護道具都沒能阻止。

與此同時，唐心訣的聲音落入所有考生耳中。

反向獵殺時刻？

大多數人聽到這句話，都是一臉茫然。

他們只知道大個子男生寢室是板上釘釘的告密者，那這幾個女生又是什麼人？好學生還是告密者？

她說的話又是什麼意思？誰獵殺誰？

只有極少數人對這句話做出了反應——就在唐心訣話音落下的瞬間，另一道攻擊也破空而至。

這次飛來的，是一面眾人再熟悉不過的盾牌！

男生身上昂貴的防護罩這次終於彈出，和銳利的合金實打實相撞在一起，發出刺耳的金石交撞聲，下一秒二者都龜裂成無數份，嘩啦散落開來。

但盾牌碎裂的只是虛影，本體隔著三層樓，牢牢握在三〇七長髮女生手裡，隨時都可以發出下次攻擊。

遙遙看去，長髮女生不僅行動如出一轍，連神情和唐心訣一行都有些相似，只是周身殺意更濃，凜然衝著一樓的告密者。

比起唐心訣等人，長髮女生暴躁彪悍的作風讓考生們留下的印象更加深刻。現在她旗幟鮮明地和唐心訣做出同一行動，雖然仍沒有解釋到底發生了什麼，至少令「好學生」陣營的學生們鬆了口氣。

像唐心訣一樣，盾牌女生的另一隻手同樣攥著斗篷，斗篷的底端沉沉墜下一個籃球大小的形狀，就像正兜著某個物體……有剛剛在陽臺「白忙」一場的人看到這一幕，心中有了幾分猜測。

大個子這次不僅臉白，全身的冷汗也唰地下來了。

因為脖子僵硬不能回頭，他只能大吼著威脅：「別殺我！你們知不知道這場比賽裡有多少告密者？殺了我你們也要死！」

唐心訣倚欄笑道：「這場比賽裡有多少告密者我不知道，但我知道，你們寢室只剩你一個了。」

緊急關頭，大個子大腦難得地飛快轉動，陡然明白了唐心訣的意思，頓時恨不得抽自己兩個耳光，或者穿越到兩分鐘前，把在陽臺上叫喊的自己塞回去。

唐心訣的語速快又清晰，甚至連找藉口的時間都沒留給他：「一個『告密者』寢室團滅，全體比賽考生可額外獲知三條隱藏規則。」

這是上一關陰鷙男生死時，遊戲通知所有考生的原話。

眾人恍然大悟！

大個子剛才抱著室友叫時，親口說過另外一名室友「李哥」也死了，這也意味著，他們寢室只剩下最後一人——他自己。

只要成功擊殺他，這樣團滅的告密者寢室多一間，他們就能再得到三條規則提示！

這下，就連大個子旁邊寢室被嚇到飆淚的女生，看向對方的眼神都變了。

能通過第一關活到現在的，多少都有點本事，更清楚資訊在遊戲中的重要性。如果運氣好，這三條規則甚至可能讓他們存活的機率翻倍，誰能不心動？

眼見周圍投來的目光越來越熱切，那幾個女生的攻擊隨時可能再次落下，大個子心臟幾乎跳到腦門上，臉紅脖子粗地喘了幾下，忽然大聲笑起來：「你們真以為我說的是實話？一個寢室怎麼可能只有三個人？我就是故意出來引誘你們的，另外幾個室友已經瞄準你們了，還想殺我，等死吧！」

郭果正準備射出下一箭，聞言手差點一抖，下意識看向身旁：「他說的是真是假？」

唐心訣斂目垂了垂眼睫，郭果立即了然，手指一抬，幸運弓箭「嗡」一聲，第二發箭矢射了出去。

「啊！」

大個子另一邊肩膀被貫穿，發出殺豬般的慘叫聲。當然幸運箭矢沒有痛感，他慘叫完全是因為看到幾乎見底的血條。甚至驚慌之下，吼聲開始語無倫次，說著你們死定了之類的話。

然而下一刻，唐心訣語調不高的聲音，輕鬆蓋過了他：「別做無用功了，無論你們寢室有幾個人，都沒有用。甚至現在就算其他告密者出來阻止，也只是免得我們一個個去找而已。」

大個子不敢置信：「妳他媽瘋了？要單挑所有告密者？」

唐心訣：「不是單挑。」

「是群毆。」

這次打斷大個子尖叫的，是盾牌女生的聲音。

女生一如既往冷著臉，篤定且快速地講出剛剛發生的，大多數人都不知道的事情。

時間倒退到一分鐘前。

就在她們堪堪抓住斗篷裡的藍色骷髏怪物，剩餘怪物消失的同一剎那，她們耳邊出現了遊戲的提示聲。

『真是美好的一天啊！你不僅成功曬了衣服，還找到了藏在裡面的可愛小精靈！』

「……」

可愛？小精靈？

幾人看著斗篷裡巨大的藍色圓球，想到怪物瘦骨嶙峋口器密布的模樣，不由陷入沉默。

遊戲聲音還在繼續：

『為什麼會出現小精靈呢？你想起來了，大雨降下的時刻，就是小精靈來到大學城傳播幸福的日子。只要在限定時間內捕捉到足夠多的小精靈，就可以獲得一份來自精靈之家的特殊禮物！』

『你決定現在就準備開始捕捉，這當然是千載難逢的好事。只是別忘記，總有些討厭的壞學生喜歡和精靈之家偷偷聯絡，干擾你們的活動。注意他們的身分，將他們趕出這裡，千萬不要被偷走成果哦。』

聲情並茂的朗誦再次切換成平板無波的機械音：

『五分鐘後，比賽將開啟「小精靈捕捉」活動，請在時間限制內竭盡全力捉住落在陽臺上的精靈。』

『注意事項：』

『一、捕捉時限內、考生無法相互攻擊。』

『二、精靈捕捉數量決定本次比賽最終排名。』

『三、特殊禮物需要特定捕捉數量方可觸發。』

『特殊提示：請好學生一方在比賽結束前，竭盡全力淘汰告密者。』

『若告密者提前得到最終獎勵，好學生陣營全體抹殺。』

盾牌女生講述完前因後果，兩棟宿舍陷入短暫的沉默。

如果她所說屬實，那這場比賽已經不僅是普通的坑，簡直是驚天巨坑！

前兩關暴雨取衣也好，告密者襲擊也好，好歹是全體考生都知道的消息。這一關更加離譜——這麼重要的任務提示，竟然只有首次捕捉到了「小精靈」的極少部分實力強的考生能聽到？

萬一他們運氣太差，根本沒人成功抓住小精靈，甚至只有告密者做到了呢？

那對於分配為好學生的一方，無疑是在毫不知情的情況下被判了死刑。

還沒等眾人反應過來，大個子立刻急不可耐地反駁道：「全是放屁，誰知道妳們說的是真是假？編得這麼離譜，串通起來騙人的吧……啊！」

新凝聚的盾牌虛影狠狠砸過來，大個子慘叫一聲，就聽到盾牌少女冷聲道：「我看放屁的是你，我們不是同個寢室的，怎麼串通？」

大個子拖著只剩血皮的生命值不甘心地嚎：「當然可以，她們是精神力異能者……別以為我不知道，沒有什麼是精神力異能者做不到的！」

唐心訣：「……」

我怎麼不知道我這麼厲害？

但男生喊出的「精神力異能者」一句話，確實吸引了不少人的注意。

抬頭速度最快的，就是好好坐在三〇八寢室內，並不打算出面參與的黑色口罩男生。

越穹原本安逸垂著的兩隻眼睛微微睜大，然後瞇起：「……原來是這樣。」

「如果是精神力異能者，那麼一切就說得通啦。」

另一邊，大個子興許是見自己扛不住了，乾脆破罐子破摔繼續喊：「妳現在能控制我，也能控制其他人，說不定妳們連串通都不是，是妳控制那個盾牌女對不對？」

說完，第三發幸運箭矢衝了過來，大個子閉嘴等死，預料中的血條提示卻沒出現。

「啪」，箭矢擦著他腦袋扎入陽臺窗玻璃上，消散不見。

郭果嘆一口氣：「要是百分百自動瞄準就好了。」

大個子：「……」

拿他當靶子練呢？

郭果還想再繼續，卻被唐心訣拉住，在精神連結中說：『只有十支箭，練練手就好，別浪費。』

同一時間，她也朗聲道：「鑑於時間有限就長話短說了，剛才抓住精靈的不只我們兩個寢室，他們肯定同樣聽到了遊戲提示。如果是好學生陣營，肯定會站出來驗證我們說的話。反之，如果沒站出來……」

那就可以確定目標了。

空氣寂靜須臾。

其實大多數學生已經對唐心訣的話信了七八分。她們既然整個寢室都站了出來，目的就是為了取信於人，更何況還有盾牌女生作證——總不能連她也是偽裝的狼人吧？這是生存遊戲，又不是《我就是演員》！

被折磨到快絕望時，人們更願意相信正面的消息，畢竟沒人想澈底崩潰。

就在眾人默默等待，只有大個子男生獨自咒罵和慘叫中，一道聲音傳了出來。

「我作證。」

A棟三樓一扇窗戶打開，一名黑髮微捲的清瘦男生走了出來，向對面樓的一眾女生微微點頭示意：「我也聽到了遊戲提示。很抱歉剛剛沒及時出來，忙於處理寢室內部的事。」

他舉起右手拎著的事物：同樣的黑色斗篷裹出球形，與唐心訣和盾牌女生手裡的一模一樣。

不知道有多少人同時鬆了口氣，就連表情像冰凍一樣的盾牌少女都面色微緩，她剛要開口說什麼，忽然瞥見了這名男生走出來的陽臺位置。

幾乎正對著盾牌女的方向，門牌上數字「三〇三」清晰可見。

「……」同樣注意到這點的郭果幽幽開口：「如果我沒記錯，這是不是就是那個倒楣寢室？」

她指的，當然是那間開局就有人晃白旗投降後慘遭撲街，暴雨中又撲街第二個人，每次都正巧被當靶子的倒楣寢室。

張遊瞟了一眼：「妳沒看錯，就是這個寢室。」

其實剛剛抓精靈時，她們全部心神都在那藍色醜怪物身上，只有用精神力覆蓋四周的唐心訣知道究竟有哪些人也成功捉到了這東西。

「可是……」鄭晚晴突然開口，她眉毛緊蹙著，眼睛盛著一絲疑慮：「他們寢室死了那麼多人，還有心思抓這個？」

從藍色「精靈」悄然出現到詭異消失，總過程可能不超過三十秒。這也是為什麼只有寥寥幾個寢室成功的原因——想抓到它，身手、反應、判斷和運氣都缺一不可，大部分考生甚至沒注意到這東西曾經存在過。

因此但凡抓到精靈的，如唐心訣、如盾牌女生，實力必然相當強。

可如果三〇三也有這麼強的考生，為什麼會開局投降，還有兩個室友接連死亡？這個黑髮捲毛、皮膚白皙的男生為什麼從沒出現過？

一堆疑問驟然湧上來，幾人一時有點哽住。

卻見唐心訣向男生點了點頭，而後平靜地宣布：「還有一個寢室。」

眾人聽懂了：還有一個抓住精靈的寢室，沒有站出來。

明明唐心訣聲音一點都不大，甚至很平和，可不僅能清晰傳入所有人耳中，還帶來著一股無形的壓迫感。

大個子吊著最後一口氣：「妳還記起來？妳才是變態吧！遊戲為什麼不讓妳當告密者！」

這簡直就像一節巨難的課上魔鬼老師忽然點名一樣驚悚！

沒人理會他的垂死掙扎，又過了幾秒，他們翹首以待的第四個「證人」寢室出現了。

就在盾牌女生側後方，三〇八門牌下，漆黑的玻璃窗徐徐拉開，一個面色蒼白無比的男生站在裡面，面對無數投過來的目光吞咽兩下口水，空蕩蕩的褲管微微打著顫邁進陽臺。

眾目睽睽下，他勉強扯起嘴角，揑了個擴音符：「我作證……她們說的都是真的，遊戲確實給我們提示了。」

盾牌女生著實有點意外，她都沒有注意到，隔壁寢室竟然也捉到那隻醜精靈。

不過鄰居能確定不是狼人，甚至是實力很強的隊友，總歸是件好事。

她還主動打了個招呼：「辛苦了。」

蒼白男生目光複雜地看了她一眼：「……不辛苦。」

他似乎不願意再多說什麼，轉身就要退回寢室裡。

然而就在這時，一直在一樓叫罵，幾乎放棄生存意志的大個子卻突然爆出一聲怒吼：

「越穹你他媽——」

唐心訣瞳孔一縮飛速轉頭，閃電般伸出手掌在空中張開，將大個子重新困在原地。

還是晚了一步。

就在大個子因情緒爆發掙脫控制的一瞬間，有道黑色利刃從他身上發出，直挺挺扎穿了三〇八窗前蒼白男生的心口。

男生睜大眼，不敢相信發生了什麼。

他手上的銀色手鏈適時發出一聲輕響。

距離捕捉精靈活動開始，還有三分鐘。

黑刃是大個子的武器，或者說是必殺技。

誰也沒料到他會突然情緒激動掙脫精神力控制，當他突然暴走攻擊三〇八的蒼白男生時，就連一步之遙的盾牌少女都沒反應過來，沒能及時阻止。

黑箭一刺入身體就開始融化，蒼白男生試圖去拔，只碰到一個不斷擴大的空洞。

或許是遊戲加成的身體素質起作用，胸口被洞穿的瞬間，男生竟然沒有立即倒下，而是雙眼大睜轉動腦袋，面向盾牌少女張開嘴：「救我……」

盾牌少女立刻撲過去扶他，然而等碰到時，對方的身體已經涼了。

大個子還在那裡吼：「越穹你裝你媽的，你要是好學生我把頭擰下來給你當球踢，當別人沒見過你？你他媽還殺了潘哥和李哥，我靠……」

他的叫聲戛然而止。

本來繫在蒼白男生手上的銀色手鏈，隨著他的死亡而化作一道流光，在大個子的脖子前形成一柄一模一樣的黑刃，然後割開他的脖子。

兩個身體同時在空氣中消失，變成遊戲的提示——

『叮！告密者一〇二寢室已團滅！』

『一個告密者寢室消失，全體考生可額外獲知三條隱藏規則。請注意，你們本次獲得的資訊為：』

『一、整場比賽由四個任務階段組成，三分鐘後進入第三任務階段。』

『二、告密者與好學生立場不可調和。』

『三、本次比賽告密者總人數為：24人！』

提示聲只響一遍，每個人緊張地集中注意力，恨不得將每個字印在腦子裡。

唐心訣挑起眉心。

且不論大個子的死亡時機，這三條資訊，來得真太是時候了。

她轉向室友：「還記得剛才抓精靈時，遊戲的提示嗎？」

——請竭盡全力捉住落在陽臺上的精靈。

——請竭盡全力淘汰告密者。

連續兩個「竭盡全力」，加重語氣強調，可以看出遊戲的指向性。

在此刻這三條資訊提示中，這種指向性更加明顯。告密者總人數一出，更是印證了唐心訣的說法。

什麼情況下需要數人數？

一個也不能放過的情況下。

「二十四人、二十四人……」有人掰著手指開始算：「第一個主動退出遊戲那男的算一個吧，剛才一樓團滅的三人寢室也算一個，那現在還沒被發現的是二十人……」

「不。」唐心訣的聲音卻打斷了他們：「第一個團滅的告密者寢室是兩人，第二個是三人，除此之外告密者還死亡三人，當前仍存活的告密者共有十六人，他們分布在三到五個寢室裡。」

眾人：？

是他們錯過了什麼嗎？這些東西是怎麼判斷出來的？

但是時間只剩兩分多鐘，他們也沒時間刨根究底，有人問：「就算妳說的都對，但是告密者只要藏在寢室裡，我們拿他們有什麼辦法？」

這也是他們最委屈的地方。

其實只論實力，好學生整體肯定是遠遠強於告密者的。但一個在明一個在暗，對方又受寢室保護，除非身分暴露又站出來正面對打，才有將其擊殺的可能性。

「也不一定。」有考生忽然開口：「剛剛一樓團滅的寢室是怎麼死的？那個傻大個叫他們潘哥、李哥沒錯吧，我觀察過，冰錐和毒蜘蛛都是從那裡發出來的。」

既然他們躲在寢室還能被弄死，那只要找到其他告密者的位置，是不是也能如法炮製？

「那兩人被搞死，是因為他們主動出手偷襲別人，被順藤摸瓜了，懂？」當即有人出聲反駁，反駁完了還有意無意瞥向三〇八，「我們倒是可以問問，那個叫『越穹』的兄弟是怎麼做到的——只可惜他剛才已經死了。」

幾乎所有人都覺得，剛剛被穿心弄死的蒼白男生，就是把一樓告密者寢室搞團滅的「越穹」本人。

畢竟是他代表三〇八出來作證講話，又承受了大個子死前的全力一擊，現在兩人都死無對證，三〇八又彷彿被嚇傻了一樣門窗緊閉，實在沒有其他猜想可言。

就連六〇六的人都猶豫一瞬，鄭晚晴撓撓脖子，懵懂道：「越穹就是他？黑霧也是他的能力？他死的……」這麼容易？

「假的。」唐心訣毫不猶豫：「越穹是口罩男，這個男生只是被推出來的傀儡。」

「記得他手上的手鏈嗎？他們寢室到現在共死過兩個人，出來的時候都戰戰兢兢不敢說話，真正有話語權的人不會這麼膽小。同時，他們手上也都戴著這個手鏈——那個手鏈，應該是操控型道具。」

這次交談她沒使用精神連接，聲音清澈冷冽地落在空氣裡，被附近有心的人聽了進去，露出各異神色。

但無論如何，所有認識三〇八寢室的人都死了，就算十分不巧他們真的是雙面臥底的狼，也只會讓其他考生更投鼠忌器：誰有把握，在這麼一群告密者暗中的注視下，說要把他們一網打盡？

……不對，有人曾這麼說過。

一個、兩個，越來越多目光無聲且迅速地投到唐心訣身上。

如果他們沒記錯，這個經常站在六樓陽臺ＶＩＰ觀看的馬尾女生，就是最先放話「反向獵殺」的人。

敢說出這種話，不是超級大佬，至少也是胸有成竹吧？

可時間一分一秒過去，眾人等得口乾舌燥，卻遲遲沒看到她出手。

不僅如此，對方甚至還有心思和室友聊天？

陽臺上，郭果算了一遍告密者人數，發現唐心訣的話裡有一個自己沒聽懂的地方：

「第一個團滅的告密者寢室，怎麼會是兩人啊？」

在她的記憶裡，最開始是一名陰鷙男生用爆裂箭殺死了對面三〇三倒楣寢室的人，被盾牌少女找到後中門對狙，發現打不過直接用道具退出比賽……他被判定死亡後，遊戲就宣布了寢室團滅，從始至終沒有另一個「室友」出現。

這樣看，陰鷙男生難道不應該是單人寢室嗎？

那現在依舊活著的告密者，不應該是十七人才對嗎？

唐心訣卻似笑非笑：「室友不出現，不一定代表沒有，也有可能是死了。」

這句話出口，二十多公尺外，Ａ棟倒楣男寢室陽臺上正在百無聊賴觀察斗篷的男生目光一頓，緩緩撫平了自己頭上支稜起來的捲毛，不經意般瞥了唐心訣的方向一眼。

正撞上唐心訣微笑投過來的目光。

「……」嘴唇一抿，他露出靦腆的微笑，然後移步退到門口，不著痕跡地提醒：「現在距離捕捉活動開始，好像沒什麼時間了。」

捕捉活動一旦開始，玩家之間不得互相攻擊，他們或許再也沒有淘汰告密者的機會。

隔壁考生奇怪地看著他：「你們有什麼毛病？這時候還笑得出來？尤其是你，你室友可是死了兩個欸？」

郭果一怔。

她的思緒像被這句話突然砸開了閥門，腦袋裡靈光一閃：「死室友是假的！」

女生恍然大悟的聲音在空氣裡格外清晰，郭果激動地拉住鄭晚晴手臂：「我明白了，最開始死的人根本不是真死了，真死的人其實早死了，就是那個陰森男生的室友，這樣人數就對上了……」

鄭晚晴：「妳要不要聽聽看自己在講什麼？」

能不能用她聽得懂的語言，把這段話簡單易懂解釋一遍？

郭果：「就是……」

「妳們能不能不要浪費時間了，到底有沒有辦法殺告密者啊！」

還沒等六〇六幾人繼續說，有人忍無可忍地打斷她們大喊道：「沒本事就不要裝啊，不開打我就躲回屋子裡去了！」

「你可以回去。」唐心訣也不生氣，只是側點了下頭，「只是可能來不及了。」

話音未落，一個個瘦骨嶙峋的藍色怪物從天而降落向陽臺，與此同時，遊戲冰冷機械的聲音出現：『精靈捕捉活動已開始，所有考生開始捕捉！』

「我靠！」

全場一片譁然，卻管不了那麼多，只能一邊在心中發誓再也不會被六〇六這種黑心考生唬，一邊硬著頭皮撲到陽臺等著精靈下來。

可他們卻沒等到預想中的精靈。

只見「藍色小精靈」如雨點般墜下，臨近眼前陡然大變，變成了一個個還呲著火的煙花！

『黑色星期六煙火：讓所有目睹煙火的生命體，都在週六都變得倒楣透頂吧！』

「這是什麼東西？」

不少人尖叫著往後退，卻見煙火並沒釋放出傷害性技能，一落入地面就轉眼消失。

黑髮捲毛男生刮了刮白皙的鼻梁，聽著身後陽臺窗被室友砰砰拍打詢問，微笑著回答：「這是真．大範圍群攻道具。」

他目光落在對面六〇六陽臺上：從煙花雨落下，所有人自顧不暇的瞬間，掛著幸運五角星的箭矢已經悄然射出飛向這邊五樓，正對準了一名剛急匆匆為了抓精靈跑出來，卻被同寢室所有人護在中間的矮個子女生。

淬了寒冰的箭矢頂端，直取表情錯愕的矮個子女生胸口！

第六章　藍色小精靈

距離精靈捕捉活動開始還有兩分鐘時，高瑩謹慎地躲在窗簾後，讓還活著的四個室友擋在她前面，確保自己不會有半點受到攻擊的可能。

危險關頭，室友臉色多少有點不情願，但也沒說什麼，畢竟她們一直以來都是這樣的。

更何況，就在上一關，她們親眼看著一個室友被擊殺，血染紅了整片陽臺窗。

這讓她們意識到，她們只能靠高瑩了。無論如何，高瑩都是這個寢室裡唯一的異能者，是她們花了不知多少心血供養出來的唯一希望。

看著室友敢怒不敢言的神態，高瑩不禁有一絲暗爽，嘴角隱祕地彎起，但很快又被外面的聲音吸走了注意力。

——一樓那個廢物大個子被弄死了，臨死之前，大個子還帶走了對面三〇八的男生。

高瑩這下是真掩蓋不住喜意了，她近乎暢快地探頭看去，想看看三〇八的人是怎麼死的。

別人不知道，但她知道：作為精神力異能者，從她室友被詛咒弄死的那一刻，她已經知道了凶手的位置，就在B棟三〇八寢室！

她看得清清楚楚，那個控制黑霧詛咒的考生出手極快，前腳剛殺死她的室友蔣優，轉瞬又搶走了她原本想控制墜樓的獵物，結果被其他考生橫插一腳，反而救了那三個女生的命。

也正是因此，第一關卡末尾暴雨降臨時，高瑩情緒上頭，對三〇八下手了。

她也不清楚自己的想法，也許是室友被殺的怨懟，也許是被同一陣營當做獵物的憤怒……當她成功控制那個站在三〇八門口的男生墜樓，以為自己成功報復，卻不小心看到了另一個影子。

一個手插口袋站在三〇八窗內，冷眼旁觀自己室友墜樓，甚至還有心思隔空向她揮手示意的黑色口罩男。

直到現在，高瑩還記得那一瞬間，彷彿被蟒蛇盯住的毛骨悚然。

怎麼會有人看著自己室友死掉還笑得出來……甚至，可能是故意推室友出來送死的？

這到底是什麼樣的變態？

哪怕成功來到第二關，那一刻的恐懼卻還是像附骨之疽，繼攻擊六〇六失敗後，第二次摧毀了她的自信和勇氣，令她躲在寢室不敢出去。

可現在那個口罩男死了，是不是意味著……

看到三〇八陽臺上倒下的身影，高瑩來不及蔓延的笑意僵在臉上。

這根本不是口罩男！

明白口罩男故技重施，又讓無辜的室友出來當炮灰，高瑩本能地想提醒其他人，卻突然意識到，她就算說出來也無濟於事。

她又不是什麼金口玉言，難道她說出來別人就會信？口罩男連室友都能賣，連同陣營的大個子寢室都說殺就殺，說不定就是故意設陷阱，騙認識他的人出頭送死的！

再者，她又有什麼立場揭發對方。

高瑩心頭冰涼……她自己也是告密者啊。

遊戲接下來的提示，無異於火上澆油。

高瑩抱著的最後一絲僥倖心態，在唐心訣篤定給出告密者人數分布時，澈底被打碎。

她不算多聰明，但也不傻。

唐心訣對告密者死亡人數的計算，明顯將蔣優算在內——對方知道她們寢室的身分，從什麼時候開始知道的？也許是從她將對方看做獵物，蠢到用精神力大張旗鼓去窺視的時候……對方會最先攻擊她嗎？她會死嗎？

高瑩臉色蒼白，腦子裡一片混亂，耳朵嗡嗡作響。

她已經連外面考生們又說了什麼都聽不清了，耳朵裡只有些模糊的話音，什麼真死假死，什麼詐死騙狼刀，什麼三〇三寢室……

當她再回過神來，正好聽到別人痛斥六〇六的長髮馬尾女生沒本事就不要裝，害他們白激動一場。

「……」

誰沒本事？對方沒本事，那她算什麼？

對方沒本事，那經過這麼多副本被供養起來的她豈不是純廢物？

短暫的無語凝噎後，一絲希望又大膽地竄上心頭：萬一那些考生說的是真的，馬尾女生或許真的沒這麼厲害，只是在詐他們而已？

高瑩急促喘息起來，其他室友莫名其妙看著她，還以為她是被嚇出病了，剛想過來安慰下，就被高瑩猛地推開：「別靠近我！想讓我死嗎？我死了妳們也活不了！」

室友被重重推撞在窗戶上，高瑩知道自己反應過激了，連忙轉移話題：「手機呢，誰手裡拿著手機，數一下時間看看還有多久活動開始，快點看……」

「嘭！嘭嘭嘭！」

這是什麼聲音？放煙火？

高瑩滿頭霧水轉頭看向窗外，聽到了夢寐以求的遊戲提示：『精靈捕捉活動已開始，所有考生開始捕捉！』

馬尾女生果然是裝腔作勢！

活動開始了！她安全了！

一剎那，狂喜蓋過了所有想法，大起大落的心緒還沒平靜下來，她抓緊時間衝了出去。

接下來只要抓住這些精靈，再接收遊戲的最後一個祕密任務，她就能——

然而室友顫抖的聲音倉促響起：「現在沒到活動開始時間！還有一分……」

可是時間沒到，怎麼會有遊戲提示聲？怎麼會有從天而降的藍色精靈？

高瑩沒能及時思考問題答案。

一切發生在瞬息之間。

視野中的藍色怪物陡然變成黑色煙火，帶著刺耳的嘭嘭聲飛快降落，高瑩收縮的瞳孔中倒映出越來越大的影子。

當它們來到眼前，高瑩突然「看到」了這些煙火上籠罩的，身為精神力異能者再熟悉不過的精神力波動。

她頓時什麼都明白了。

……能帶來大範圍攻擊的，除了道具、技能，還有精神力。

在精神異能中，有一種感官影響，包括意識誘導、安撫、控制。

以及為目標對象，設下幻覺。

一種兌換昂貴，她引以為傲，並曾經試圖用在那個六〇六寢室，卻被另一個精神力異能者洞穿的能力。

上次她沒能瞞過對方，但是這次，對方卻瞞過了她。

思緒幾乎不影響現實的時間流速，高瑩只來得及在殘存的餘光中，看見對面終於踏入陽臺的黑色口罩男飛快後退，試圖重新回到寢室內。

然後，一根從六〇六飛到眼前，閃爍著金光的箭矢籠罩了她。

室友的尖叫、混亂的腳步聲、質問聲，都淹沒在生命值瘋狂下降的警告中。

生命條歸零的最後一刻，高瑩不甘心地抬頭看去，想看看馬尾女生的表情，是不是像她一樣，是扭曲、暢快、得意還是憤恨。

但是對方卻根本沒看她。只是淡淡瞥了這邊一眼，渾厚敏捷的精神力擋住了她臨死反撲的攻擊，在普通人看不見的地方，像揮開一道煙霧般輕鬆打散。

然後女生收起手中半捆煙火，輕輕啟唇，聲音一如既往地平靜溫和：「所有好學生陣營考生，把所有技能甩給剛剛發現精靈為假時第一個反應是躲回寢室的考生，不擇手段也要把他們留在陽臺上。」

「他們就是告密者。」

從準備抓捕精靈的緊張，到發現精靈變成煙火的錯愕，再到遊戲給出「新增學生死亡」提示時的茫然，一切都在眨眼之間。

等眾人回過神來，高瑩已經死得透透的。

直到唐心訣喊出那句話，還有少許人沒理解情況，崩潰道：「這怎麼回事？剛剛那黑色煙火是什麼鬼東西？」

「那是一種叫『黑色星期六』的大規模無差別攻擊道具。」有識貨的人遙遙回答：「效果很難講，反正看到它的人就會變倒楣！」

剛剛目睹了煙火降落的全體考生：「……」

先前發問的人更崩潰了：「搞同歸於盡嗎？沒必要吧！妳們扔道具自己不也一樣要受影響……」

等視線找到六〇六四人的位置，這人後面的話卡在了嗓子眼。

只見剛剛挽弓射出一發命中的郭果，拽下一塊黑色眼罩，茫然轉頭問：「你說什麼？」

在唐心訣使用技能的第一時間，四人已經閃電般戴上了眼罩，再由唐心訣覆上一層遮罩，保證連煙火的尾氣都沒看見。

視野消失對於弓箭手來說無異於失去行動力，但好巧不巧，郭果的弓也不需要手動瞄準。

有手就行。

一片譁然中，還是有人聽進了唐心訣的話，真發現了幾個火急火燎向後退的人，立即反應極快地甩出鎖定技能。

指甲蓋大小的游標像雨點般飛落在這些考生的衣服上，立刻像倒刺般將他們緊緊鉤住，幾秒內竟動彈不得。

越穹垂眸看著牢牢掛住袖口的游標，口罩下的嘴唇頭一回抿成一條直線。

他的反應速度比所有人都要快，在高瑩還沒死的時候，他就將室友踢到前面擋刀，同時反手拉開門要進去——然而恰在那時，本來風平浪靜的晾衣桿被煙火砸中支撐點，忽然毫無預兆斜刺裡砸下，越穹下意識躲開，便被擋住了回去的路。

越穹：「……」

看見的人都會變得倒楣麼……比他想像的要聰明啊。

他沉鬱地抬起眼，狹長的眼睛不彎時顯得十分刻薄。裡面倒映出對面宿舍大樓混亂的情況。

高瑩被淘汰，她的寢室失去核心頓時一片混亂，還沒來得及跑回去，就被張遊扔出來的群攻技能輕鬆收割，轉眼間在連續不斷提示聲中集體撲街，留下窗戶上一個大大的紅叉。

『告密者寢室團滅，全體考生可獲得三條額外資訊。』

無論其他人之前怎麼想，此刻也不得不相信，唐心訣是正確的。

『叮！你們本次獲得提示如下：』

『一、比賽告密者當前存活人數為：11人。』

『二、比賽告密者當前存活寢室數量為：3。』

『三、只有斗篷能抓住精靈。』

前兩條是告密者資訊，最後一條對應的則是即將開始的精靈捕捉活動。

「絕了。」使用標記技能的女生興奮地一拍大腿：「和姐妹妳說的一模一樣啊！妳就是這遊戲裡的隱藏預言家吧！」

她寢室所在陽臺在唐心訣斜下方，於是伸著脖子向上看，試圖和對方搭話：「但是我剛剛按照妳說的篩選範圍，用鎖定技能鎖了五個寢室，妳看……」

遊戲說，現在告密者寢室還剩三個。就代表她鎖住的這些人裡面，有三個寢室是真的告密者，兩個寢室是被誤傷的無辜考生。

而現在距離捕捉精靈活動真正開始，只有半分鐘。

唐心訣聽了她的話，閉眼用精神力去查探，卻忽然眉心一蹙，身體不受控制地向後晃了一下。

「心訣！」身旁室友連忙接住她，張遊立刻摸出藥丸，被唐心訣虛抵住：「不用，是精神力枯竭了。」

補充精神力的藥物昂貴無比，她以前都是自行恢復。只是這次頭一遭使出幻象這種特殊技能，消耗比預計的還要龐大。

唐心訣臉上沒什麼表情，眼下的淡青色卻更重了。

對自己沒能預估好精神力損耗這件事，她一點都不意外。

因為她根本就沒兌換過這一技能，甚至連方才施放異能時，她也只有百分之七十的把握。

這還要歸功於剛被淘汰的高瑩——就在她堅持不懈用精神技能殺人的時候，唐心訣也從這位同行身上，記住了這些技能的精神力運行軌跡。

對她來說，溯本歸源，並不困難。

唯一容易出現問題的，只有精神力的消耗。

但即便如此，問題也不大。

唐心訣微微搖頭，背對著外面，靠著陽臺護欄緩緩滑下，不動聲色：「下一個，抓緊時間。」

張遊有群攻技能卡，郭果還有幸運箭矢，加上盾牌少女與一干同陣營考生，足夠達到目標了。

郭果已經挽弓搭箭：「選誰？」

唐心訣言簡意賅：「A棟二〇五！」

這個陌生座標乍一拋出，令人不禁微愣。但很快眾人就發現，這寢室的幾個男生並非全是陌生面孔，有記憶力好的人已經認了出來：其中兩個男生，分明開局曾經出來過！

他們記得，那是在三〇三倒楣男寢室剛剛出來兩個「代表」舉著白旗說要投降之後，從二〇五也走出了兩個男生，效仿三〇三的造型和語氣，說了一模一樣的投降話語。只是在那之後三〇三就被射了冷箭，他們倒是悄無聲息回去了，因此許多人對他們並沒什麼印象。

現在想起來，眾人心中只有一句話：原來你這個濃眉大眼的傢伙也是叛徒啊！

現在回想起最初這些人的舉動，哪裡是出來「投降」，分明是膽子大的借機出來觀察局勢，再順便博取一點信任。

被全體視線盯上，二〇五陽臺上的四個男生本來還想辯解，其中一人卻惡狠狠打斷了。

「還說個屁啊，直接上吧！」

張遊的群攻技能已經出手，金色箭矢隨後就到，就算他們防護罩能抗住這兩個，也扛不住後面飛過來的盾牌。

既然早死晚死都是死，不如死之前拉幾個墊背的，說不定他們陣營最後贏了，還能指望一點好處。

主意打定，為首男生大喝一聲掙脫了桎梏，往嘴裡塞了不知什麼東西用力咬破，一團五彩斑斕的霧氣登時爆裂炸開，將四人籠罩其中。

等盾牌少女的武器割開霧氣，只看到了兩個男生的「屍體」，另外兩人不知所蹤。

少女眉頭一皺，那兩個去哪了？

「……在這。」

唐心訣撐著太陽穴冷冷抬眼，六〇六的陽臺上驟然多出兩個身影，正是二〇五剛剛消失的兩個男生。

「我們也不想用這最後一招，全是妳們逼的，我活不了，妳們也別想活！」

左邊男生冷笑一聲，從腰側抽出一把唐刀。

這也是他不顧一切要使用那一招，瞬移到這裡的原因——他們寢室全是玩近戰的。

近戰碰上一堆遠程控制，怎麼搞？他死也不能瞑目啊！

之所以選擇六〇六，一是因為唐心訣算是導致他們這樣的「罪魁禍首」，二是他觀察過，這寢室裡基本都是遠端控制、輔助和射手，最強的法師馬尾女生明顯處於虛弱狀態，只有一個高挑漂亮的女生看不出屬性，但一旦近身，他怎麼會輸？

話不多說，唐刀已經殺意縱橫砍下，另一名男生的武器則是柄重劍，聲勢也十分駭人。

「鏘！」

金石交加的重響在空中炸開，幾乎有半個寢室窗大小的鋼鐵拳頭在空中陡然浮現，擋住了兩把武器的攻擊。

兩個男生：？

鄭晚晴舉著龐大到離譜的拳頭，卓絕的五官咧開一個笑：「我正愁沒事幹呢。」

一交手，男生就知道自己失算了。

這女的不僅是近戰，她還是個盾啊！

兩把冷兵器衝力壓下來，鄭晚晴連腳步都沒挪一下，要不是她只有一個鋼鐵拳頭，看起來像是能把兩人直接一拳一個壓在地上捶成肉餅。

男生逼不得已，只能把所有防禦道具祭出來，再秉持能帶走一個算一個的想法，試圖用暗器對付後面的郭果三人。

然而暗器還沒發出去，鄭晚晴卻忽然收手撤身，慣性影響他們下意識向前一步，正對上了身形單薄、皮膚蒼白的唐心訣。

唐刀男生一愣：法師送上門？

另一聲沉悶撞擊，卻是一根奇形怪狀的武器從唐心訣手中劃出，正面擋住了唐刀。

不……是吸住了？

男生睜大雙眼，不敢相信自己看到了什麼。

如果他沒看錯，如果他十九年的人生經驗沒有認錯，如果他現在大腦沒產生幻覺，那麼此刻擋下自己攻擊的這個東西，它……它是一根馬桶吸盤？

是吧，是馬桶吸盤沒錯吧！

確認自己的眼睛沒出問題，大腦也沒出問題後，唐刀男生心底突然竄出一股濃厚的悔意。

他錯了，他以為來這裡魚死網破能走得更有尊嚴一點，但事實證明他實在太過天真。

他就不該有反抗念頭、不該使用道具瞬移到這，不該高估自己的本事……他就算在自家陽臺躺平等死，也比死在一根馬桶吸盤下更有尊嚴！

可是誰他媽能預料到，會有人的武器是馬．桶．吸．盤啊！！

懊悔在男生的瞳孔中擴散，他想拔出武器最後掙扎一下，卻發現刀柄在手中紋絲不動。

——馬桶吸盤的橡膠頭，把唐刀牢牢吸住了。

不知是不是他的錯覺，唐心訣還微笑了一下：「想法不錯，但我們沒時間哄孩子玩。」

橡膠頭翕動兩下，直衝雲霄的鬼怪尖叫瞬間穿透了天靈蓋，唐刀男生猝不及防被音波撞出護欄。

另一個同伴連忙去拉，也被張遊一帳本無情拍了下去，重劍連同唐刀被馬桶吸盤挑下，在兩人慘叫聲中掉在陽臺上。

「武器留下，人就不送了。」

唐心訣踢起這兩把武器扔給郭果、張遊，面上神清氣爽，一掃方才黑眼圈深重的虛弱。

「妳他媽釣魚？」

陽臺下方忽然傳出一聲怒吼，原來唐刀男生掉下去時抓住護欄底部，還試圖翻上來偷襲，不想一抬頭看到唐心訣狀態，終於澈底崩潰了。

唐心訣垂眼望去，笑道：「不，主要還靠你們配合。」

她確實精神力消耗過大，不過只要瞭解她的人就知道，她不可能讓自己透支到站都站不住的程度。

用剩下的精神力，做出心理暗示還是足夠的。

雖然也有讓她有些意外的情況出現……比如在她坐倒下來時，忽然感受到一股帶著治癒力的柔和能量。

這道治療能量連同精神力也可以恢復，甚至不用唐心訣判斷接不接受——在遊戲判定中，這種沒有任何攻擊性的純粹治癒力似乎是最高優先順序，一觸碰到就自動吸收了。

唐心訣心中有猜測，但在最緊要的事情面前，這些意外暫時按下不談。

隨著思緒轉動，她動作速度沒有絲毫減緩，直接打了個響指，男生便被無形力量重重一推，帶著懷疑人生的扭曲神情墜了下去。

『告密者寢室團滅*1，全體考生額外獲得三條資訊。』

『一、精靈捕捉活動時限為三十分鐘。』

『二、捕捉數量越多，難度越高。』

『三、不同寢室規定捕捉數量不同，請考生牢記各自寢室要求。』

『叮咚，精靈捕捉活動正式開始啦！』

有剛才被唐心訣騙的前車之鑑，考生們第一個反應竟是抱著懷疑態度觀察。然而他們翹首等了好幾分鐘，也沒看到有半隻「精靈」的影子。

空氣中連一絲風都沒有，在某種莫名預感的驅使下沒人出聲，安靜得落針可聞。

六〇六也在等待。

唐心訣目光始終落在晾衣桿的位置，上下逡巡。寢室四人的視線看著陽臺能接收到的所有方向，不放過任何一絲異常。

等待過程中，張遊在識海中輕聲道：『告密者還剩七人……』

唐心訣：『比預想的結果要好。』

她本來也沒抱著能在五分鐘內團滅所有告密者的目標，這種時候，將對方人數壓低一分，己方陣營的勝率就會高一分。

剩下的七名告密者，她心中已經基本有數。對了眼神，張遊點點頭，明白了她的意思。

「啊！」就在這時，不知從哪個方向響起一聲驚呼：「等一下我忘記拿斗篷出來——」

驚呼聲劃破凝滯的空氣，同一時間，幾隻速度極快的藍色影子從樓頂飛快竄了下來，落在晾衣桿上砸出砰砰響聲。

「捉住它們！」

這次出現的精靈比前面任何一次都更加靈敏，如同「測試版」到「正式版」的進化，醜陋如骸骨的身軀多了一層猙獰的鱗片，一旦有人靠近就猛地張開，向外射出綠色液體。

「液體有毒，別被碰到！」

趁著考生躲避，藍色精靈們身形敏捷地向外跳去，轉眼就到了另一個寢室。

因為它們出現的方向是從天而降，最先落腳的便是六樓。沒過多久，就有一隻鱗片翕張的精靈竄到了六〇六的晾衣桿上。

精靈充滿敵意地對下方考生齜開牙，一轉頭卻迎來斗篷當頭罩下，連毒液都沒來得及噴，就被唐心訣牢牢扣在裡面。

「一個！」郭果興奮道。

唐心訣打開斗篷，「不，是兩個。」

還要算上上一關，她們搶先抓住的那隻精靈，現在斗篷裡已經並排躺著兩顆圓滾滾的藍色精靈球。

外面的雞飛狗跳還在繼續。

只有兩個寢室成功抓到精靈，剩下的俱是撲了空，甚至之前大喊著忘記拿斗篷出來的考生，取個斗篷的功夫，精靈已經紛紛跳到了五樓。

這次大呼小叫的變成了五樓考生。精靈不僅速度快，綠色毒液更是防不勝防，不小心沾上的考生雖然不至於斃命，身體部位卻會麻痹，只能罵罵咧咧把斗篷扔給室友。然而在這個過程中，精靈早就跑沒影了。

「這也太難了，抓金探子嗎？學校沒教過魁地奇啊！」

目測之下，這一波總共掉下來約十個精靈，然而過了三層樓才被抓住四個。按照這個速度搞下去，等三十分鐘時限完全過去，大部分寢室別說湊夠數量，摸不摸得到精靈的毛都是個未知數。

唐心訣瞇眼觀察下方景象：「這一關既然給出了通關和獎勵要求，就不會設置得難如登天。現在應該只是讓我們適應精靈這一物種的緩衝階段，真正的捕捉環節還在後面。」

張遊立刻反應過來：「所以我們現在要觀察，觀察它們的特點。」

郭果鄭晚晴恍然大悟：「明白了！」

數秒後，郭果如實回答：「但是它們速度太快了，根本看不清楚。」

鄭晚晴眉毛皺成一團：「我倒是能跟上它的速度，但是不知道要觀察什麼。」

她和郭果因為摸不著頭緒，乾脆畫了一張藍精靈畫像，再根據唐張兩人的總結把資訊填進去。

沒過多久，唐心訣道：「行為習慣，或者說是限制。」

「一隻精靈在同一樓層最多只能跳過三間寢室，向下則只能一層一層跳，這應該是遊戲對它們的限制。」

張遊補充：「就算一個寢室沒有人靠近它，它最多也只會停留五秒，就會立刻跑到下一個寢室。」

說話間，又有兩個精靈被捉住，還十分罕見地栽在了同一個陽臺上。

盾牌女生一手持著盾牌，另一隻手抓著鼓鼓囊囊的斗篷，身體以進攻的姿態抵在三〇七和三〇八的交界線處。

她在和三〇八戴著黑色口罩的男生搶第二隻精靈。

口罩男甩出來的斗篷被盾牌擋住，只罩住一半的精靈還在瘋狂掙扎，見逃脫的趨勢越來越明顯，男生忽地笑了起來：「這樣妳也拿不到，我也拿不到，為什麼還要和我搶？」

盾牌女生無動於衷，不答反問：「你是告密者嗎？」

第七章　捕捉精靈

「你是告密者嗎？」盾牌女生聲音冷厲，寒意迫人：「如果你是告密者，為什麼之前讓你那麼多室友死掉？他們不是你的室友嗎？」

她就算再心大，現在也看得出來，三〇八寢真正有實力的根本不是前面被推出來的那些人，而是這個最後才姍姍出現的口罩男。

從唐心訣給出的嫌疑特徵落在他身上，不，更早的時候她就該發現不對的。

口罩男慢條斯理：「首先，『那麼多室友死掉』並不是事實，兩個人也能稱之為多麼？」

「其次，我的身分立場，與我室友的死活，好像沒有必然關聯吧。」

「最後，不要別人說什麼妳就信什麼，要相信自己用眼睛看到的，免得被人當做工具利用。」

口罩男意有所指：「如果我是告密者，我也能做出和那位女同學一樣的行為，雖然大膽，但至少博取了你們的信任，不是麼？」

盾牌女生蹙眉，略掉他後面煽動性的話，找到關鍵點：「那兩個室友，你是故意不救他們的。」

彷彿有一層冰霜覆蓋在她喉嚨裡：「你知道他們會死，所以你故意用他們的死亡來示弱，讓我不懷疑你們的立場……」

女生抿起嘴。上一個被大個子殺死，倒在這裡的男生的模樣出現在她腦海，包括對方三番兩次欲言又止，還有最後絕望的求救。

口罩男笑了起來：「同學，原來妳是在同情他們嗎？哪怕妳懷疑他們是告密者？這好像和妳嫉惡如仇的模樣有點矛盾啊，該不會是……他們的下場勾起妳某種不太好的回憶？」

即便他眼睛笑到彎起，也蓋不住裡面的刻薄，「戳到妳痛處了？想要攻擊我嗎？這好像不符合這環節的比賽規則哦。」

規則界定，精靈捕捉階段，考生無法互相攻擊。

盾牌女生沉默盯著他兩秒，倏地開口：「這個環節會結束的，你最好祈禱規則會一直保護你到比賽最後。」

口罩男舉起另一隻手，打了個清脆響指：「那我拭目以待。」

黑霧霎時如毒蛇般從指尖飛出，將逃跑的精靈纏住拽回，連帶斗篷也向盾牌女生擠了回來，試圖從空隙中鑽回口罩男手裡。

女生下意識用盾牌劈下，下一秒卻被看不見的空氣牆彈回連退幾步，盾牌「錚」一聲插進地面。

規則生效，她只能注視著口罩男悠然走回去，斗篷被扔到旁邊緊張到臉色慘白的室友手中，像使喚下人一樣吩咐他來抓，自己卻隨手拆下斷裂的晾衣桿，搭在身下當做折疊椅休息。

或許是看事已至此，對方連掩飾都不搞了。

黑霧一出，他的身分昭然若揭：但凡還活到現在的考生，都不可能忘記蛇形黑霧那恐怖的詛咒效果。

殺過高瑩的室友、攻擊過女生寢室、與盾牌女生遠程交戰、借暴雨收割人頭晉級，甚至還在不久前參與團滅了大個子的寢室……這些資訊無比清晰地串到一起。

告密者，越穹！

盾牌女生握著盾牌的手猛地收緊，樓下在這時傳來一聲驚叫，只見一隻精靈身體詭異地膨脹起來，前面兩隻利爪勾著護欄從一樓向上跳，兩隻後爪抓著一個男生的肩膀，銳利的指甲狠狠陷進他的肉裡，令男生慘叫不止。

「救救我，我不想死啊！」男生尖叫。

他承認自己是有僥倖心態，本來以為最壞結果只是被綠色黏液噴一身，可誰能想到，最後一隻精靈還能搞出變態進化？

變異後的精靈身形脹大到原本的兩倍，眨眼就從一樓跳到三樓，「砰」一聲掛在對面，男生被撞得七葷八素。

附近的考生立刻扔出束縛道具想救人，精靈反應迅速地閃開，道具全部砸在被抓住的男生身上，又在遊戲規則限制下紛紛彈了回去。

「救我……」男生已經絕望了。

眼見精靈飛過來，長髮女生想也不想就扔出了圓盾，盾牌直奔男生腦門，嚇得後者雙目失焦以為此命休矣。

盾牌上凜冽的金屬光芒劃到男生面前倏地停下，在女生操控下猛地向上一劃，刮破了精靈堅硬的皮膚，後者尖嘯一聲毒液狂噴，把男生向下一扔就自己躍起逃竄。

盾牌女生沒去管它，先用盾牌把男生固定在護欄邊緣，確保他不會馬上掉下去。

男生緩過神來，淚花翻湧地想說幾句感謝話語，被盾牌女生打斷：「你自己能下去麼？」

男生一愣：「啊？」

他低下頭，看見遠方覆蓋著一層薄薄白霧的地面上，不知何時湧出一絲絲不詳的暗紅色翻滾著。

男生：「……」

他咽了咽口水，厚臉皮懇求道：「我能在妳們寢室陽臺多待一下嗎？」

盾牌女生也是第一次聽到這種要求，下意識轉頭警惕地看向口罩男——越穹正倚著護欄觀察那隻精靈的逃跑路線，隨著手指微動，黑霧如影隨形追蹤在其後。

至於這邊被救下的男生，越穹全程連看都沒看一眼，甚至還沒有一旁畏畏縮縮的室友更注意別人的死活。

盾牌女生冷冷瞥了他們一眼，轉身對男生伸出手：「你上來吧。」

男生忙不迭爬上來，道謝連連自我介紹：「我叫馬小博，是我們這棟一〇一寢室的，妳放心我們寢室四個絕對百分百好人，同學妳……咦，妳們寢室怎麼沒人？」

看了空蕩蕩的半邊陽臺一眼，馬小博後知後覺：「妳們寢室，只有妳一個人？」

盾牌女生沒回答。

馬小博一個激靈連忙道歉，「對不起對不起是我腦子壞了，我是想說這陽臺真乾淨，不對這盾牌真帥……」

「不能讓他待太久。」盾牌女生突然吐出這麼一句話。

瘋狂彌補的馬小博一驚：「啥？」

是要趕走他的意思？難道今天他就要因為嘴賤死在這裡了嗎？

盾牌女生抬眼，解釋：「不，這不是我說的話，這是……」

她又沉默下來。

這是剛剛在她腦海中響起的，唐心訣的聲音。

和第一次聽到唐心訣用精神力傳話時的緊張不同，現在盾牌女生已經能適應了，只是剛剛一個不小心念了出來。

她知道自己不擅長解釋，就乾脆專心和唐心訣交談：「為什麼告訴我不要讓他待太久？」

這次，唐心訣那邊卻沒有第一時間回覆。

女生心一沉，快步翻到護欄外探出身體向上看，只見唐心訣寢室所在的六樓，赫然掛著那隻嘶叫不止的變異精靈！

唐心訣正在與精靈對峙，準確地說，是在和捆綁著變異精靈的另一縷黑氣對峙。

「越穹。」

唐心訣一邊用馬桶吸盤吸住精靈，一邊分心提醒盾牌女生，還能清晰說出黑霧操縱者的名字。

一道笑聲從黑霧中傳出，「不太公平，好像全世界都知道我的名字了，我卻還不知道妳的。」

郭果躲在唐心訣身後，緊緊握住吊墜默念淨化口訣，還不忘記吐槽：「告訴你名字，等你來詛咒嗎？」

從比賽開始到現在，她們雖然對這位口罩男沒有太多瞭解，有一點卻可以確認：這傢伙絕對是個變態。

只是不知道是被遊戲弄變態的，還是本身就有反社會人格。

精靈尖厲叫號打斷她們的對話，它對黑霧沒有辦法，只能把全部毒液對著六〇六噴，綠色黏液鋪天蓋地灑在四人的防護罩上，腐蝕出一個一個空洞。

「這樣下去不行，防護罩損失太多了。」張遊當機立斷，「斗篷給我，我出去。」

精靈在晾衣桿上，如果她能順著護欄外跳上去，就能把精靈套進來。

郭果睜眼：「妳瘋了？如果掉下去怎麼辦？」

張遊剛要開口，斗篷就被鄭晚晴奪走了。

鄭晚晴將斗篷套在殘缺的右手手臂上，抬頭一笑：「都別爭，我剛和心訣說了個方法，等著瞧好吧！」

她用右手抓住欄杆一翻跨在上面，右手向前一揮，巨大鋼鐵虛影橫空出現，狠狠撞向精靈。

只是這次，鋼鐵拳頭上多了一層鼓鼓的斗篷。

「桀桀——」

一聲重響，精靈腦袋都被錘凹了進去，瘋狂掙扎。

又是「邦」一聲，這次是飛上來的盾牌，恰好補了一刀。

多重圍捕四面埋伏，精靈在馬桶吸盤吸力加持下無處可躲，只能被斗篷當頭罩下，尖叫半晌才徹底安靜。

斗篷裡又多出一顆藍色精靈球。

鄭晚晴接住斗篷翻身跳回，敏捷和平衡力完全不像手臂不全的人。

在她身後，一縷黑氣失去獵物，從斗篷中悄然逃走。

可惜它雖然順利逃過了鐵拳，卻沒能躲開另一股吸力。

三樓陽臺上，越穹陡然皺了起眉。

他附著在黑氣上面的一縷神識望去，發現吸力來自那柄對準了他的馬桶吸盤。

橙紅色的橡膠頭內部是漆黑的圓洞，彷彿一張待進食的血盆大嘴。

然後這張嘴啊嗚一下，把黑氣吞了進去。

越穹：「……」

他剛才，是不是，被吃了？

從理論上講，黑霧是越穹的異能，意味著他無論切割多少意識附在上面都可以，就算把整個腦子放上去都沒問題。

口罩上方的眼睛卸去虛偽的笑意，越穹面無表情。

——幸好他沒那麼做，否則現在就因腦死淘汰了。

雖然知道唐心訣手中有馬桶吸盤，但還是遠遠比不上第一視角正面看到的衝擊力。更不用說，這支馬桶吸盤剛剛一口吞掉他的黑霧，相當於硬生生吃了他一部分生命值，那部分意識在湮滅前，將這段體驗分毫畢現地傳回主體——他的大腦裡。

越穹攥緊圍欄上的手，好在口罩遮住了臉色的變化，讓人看不出他現在腦供血不足的模樣。

與此同時，六〇六陽臺上，唐心訣收回馬桶吸盤的第一時間就是查看橡膠頭是否受損，順便看看能不能把剛剛吃的吐出來。

吐出來？不可能的。馬桶吸盤拒不配合，甚至還打了個嗝。

剩下三人處理好精靈球趕緊過來圍觀，「怎麼樣？沒噎到吧？」

張遊一臉嚴肅按住橡膠頭：「目前來看好像一切正常，心訣，妳讓它吐一下水。」

唐心訣按下吐水按鈕。

馬桶吸盤是有過「消化不良」病史的武器，因此在不能確定食物「安全」的情況下，唐心訣不打算再使用它的吞噬能力。

但不知是不是因為肚子餓，馬桶吸盤這次一看到詛咒黑霧，迫不及待地一口將人家吃了下去。

郭果看看唐心訣又看看張遊，眼睛裡充滿迷茫：「等等，只有我一個人有問題嗎？現在規則是禁止考生之間互相攻擊對吧，黑霧是越穹的異能，那剛才馬桶吸盤吃了黑霧，這、這算攻擊了吧。」

她害怕等等遊戲突然降下違規懲罰，把馬桶吸盤收了啊！

唐心訣面不改色：「什麼攻擊？吃飯的事情，能叫攻擊麼？」

馬桶吸盤贊同地吐出一股水柱，打在斗篷上。

它的金屬桿手柄處閃過一道灰色的暗光，彷彿要形成圖案，最終卻什麼都沒出現，依舊只有原本的三道骷髏圖騰，分別代表著【穿梭】、【尖嚎】和【護甲】。

成功吞噬了一份能量，卻沒能繼承這個能量對應的屬性……

唐心訣眸光微動。

「馬桶吸盤不會無緣無故吃東西。」

唐心訣這句話乍一聽，頗像一個無腦包容小屁孩搗亂的父母，但是把話聽進去後，三人表情頓時有些微妙。

對啊，馬桶吸盤對吞噬目標從來十分挑剔——僅限於副本內含有鬼怪能量的特殊物品。

那越穹的異能黑霧，是怎麼通過這篩選標準的？

唐心訣笑了笑：「反向來看，如果馬桶吸盤是按照習慣去吞噬的，那確實沒有違反規則。」

規則沒反應，即說明被吃掉的「受害者」黑霧，被判定成某種和鬼怪能量差不多的東西……已經不屬於玩家範疇了！

四人對視一眼，默契地按下眼底的震驚，將這資訊記在心裡。

這個比賽每時每秒都有新的爆炸性資訊出現，如果是單打獨鬥或者不擅長分析的人，很可能早已暈頭轉向，更不用說還要跟上緊張的比賽節奏。

但唐心訣可以。

轉瞬分解出資訊納入腦海，她沒有繼續談這件事，心中掐著不斷流逝的秒數，垂眸向護欄下方望去：「快來了。」

第二波精靈，馬上要出現了。

識海之中，精神連接的另一端，盾牌女生疑惑的聲音響起：『什麼快來了？』

她剛剛忙著幫忙打怪，差點忘了要問唐心訣的事情，現在想起來立即補充：『對了，妳剛剛對我說，不要讓這個男生在我的陽臺上待太久，又是什麼意思？』

這次，她聽到唐心訣的回答。

『寢室是考生的歸屬，如果不同寢室之間能隨意串門躲藏，那妳有沒有想過——』

『實力差的人，抓不到精靈的人，都想躲到妳那裡，妳怎麼辦？』

盾牌女生：「……」

她後知後覺轉過頭向外看去，捕捉到不少正向這邊窺探的目光。

如果不考慮暴露在外互相攻擊的危險，以考生現在的身體素質，在寢室之間攀爬跨越並不是一個難以企及的事。

「……」

她嘴角一抽，又聽識海另一端說：『況且，遊戲從來不會留下可以鑽漏洞的空間。』

盾牌女生神色一肅。

她張了張嘴：『……妳說的對。』

告密者陣營還有兩間寢室存活，就代表至少有六條規則還沒公布出來，誰也不知道什麼行為會觸犯隱藏規則，會為他們帶來致命危險。

結束對話，盾牌女生轉頭看向馬小博：「等等我幫你回去。有盾牌輔助，你應該不會半路掉下去。」

馬小博撓撓頭，雖然不知道為什麼大佬突然改變主意，但能安全回寢室是個好事。

於是他一邊連聲道謝，一邊憨頭憨腦往下張望：「那我和寢室兄弟說一聲……老李、老張，我在這呢，你們等等接我一下！」

隨著聲音呼喚，從一樓探出兩個毛茸茸的腦袋。還沒等馬小博露出笑容，只見那兩個腦袋搖得像兩支波浪鼓：「接個屁啊！」

在馬小博的愕然中，兩個室友幽怨地向外一指，只見一樓外地面的詭譎霧氣中，宛若煮沸的水冒泡一般，一塊又一塊泛著青黑色的巨大泡泡鼓起，並有逐漸脫離地面，向上飛起的趨勢。

這一愣的功夫，室友飛快縮回寢室內，只有怒吼的餘音繞梁不絕：「你爸爸我還不想死這麼早！」

「砰砰砰——」

青黑色泡泡飛到三公尺高的位置，猛地爆裂開。無數隻和先前的變異精靈一模一樣的藍色怪物高聲嘶吼，向一樓跳了下來！

第二波！

與第一波截然相反，第二波精靈是從一樓開始一層層向上跳的。

在這波精靈出現的第一時間，幾個實力相對較弱的寢室已經窗簾一拉關門大吉，寧可不要這些比賽得分，也好過被抓到空中再扔下來摔死。

正如規則提示所說，精靈捕捉的難度是遞增的：被捉住的精靈數量越多，下一波難度就會越高。

第一波精靈還只會噴射毒液，第二波學會了用利爪發起攻擊，甚至撕扯護欄和晾衣桿等陽臺建築，主動向考生的領域進攻。

「共有二十隻，活動規律與第一波相同，預計一分半之後來到我們這裡。」

唐心訣根據目測得出結論。

張遊問：「到我們這裡時，還剩下幾隻？」

「五隻左右。」

「那我們抓幾隻？」

唐心訣頓了頓：「全都要。」

在精靈隨著出現次數而難度遞增的情況下，當然是越早抓捕越有利。

所有人都懂這個道理，但理論之所以是理論，就是因為落實到行動上，完全是兩碼事。

如果旁邊如臨大敵的寢室聽到唐心訣等人交流的這幾句，肯定要噴出一口老血：全都要，誰不想全都要？但是他們做不到啊！

他們要是用同樣語氣說出同樣的話，室友可能會以為他們受刺激瘋了。

但是唐心訣說出後，六〇六沒有任何一人提出異議。

一旦做出決定，就算再難也要迎頭而上，絕不後退。

精靈的嘶吼聲和考生的叫喊混合在一起，空氣中的腥臭和血腥味每分每秒都在加重，代表著一隻又一隻精靈被成功捕捉。

三樓。

盾牌女生收起斗篷，撕開一張ＯＫ繃拍在手臂上。

馬小博欲言又止：「……姐，這ＯＫ繃好像還沒您的傷口大，這可以嗎？」

翻騰抖動的斗篷上方，盾牌女生被精靈利爪劃過的手臂血流不止，ＯＫ繃瞬間就被鮮血浸透了，女生卻毫無所覺。

盾牌女生低頭看了一眼，臉上沒什麼變化：「我沒有繃帶。」

馬小博：「……」

為什麼能如此平淡的說這句話？這就是強者的世界嗎？

他慌張地摸了摸口袋，被精靈抓上來時有點倉促，也沒帶什麼藥品。於是小心翼翼探頭看向陽臺另一端沉默不語的三個男生，拉近關係：「那個，幾位兄弟，能不能幫幫忙，借這裡一點止血藥？或者繃帶也行，這有同學受傷了，你們看……」

他本來以為盾牌大佬聲名煊赫，普通考生為了交好，碰到這種情況肯定不會拒絕。然而沒想到只有自己的話音在空中獨自尷尬，對面理都沒理。

如果說靠著牆角像罰站一樣有些瑟縮的兩個男生好歹還看了他一眼，那麼獨自倚靠在護欄上的口罩男更是連眼皮都沒抬，一如剛才精靈跳上來時一樣視若無睹。

「別靠近他們。」就在馬小博不知所措時，盾牌女生聲音冷冷響起：「他們是告密者。」

馬小博險些咬到舌頭，後退的步伐太快，差點閃了自己的腰。

接住搖搖欲墜的馬小博，盾牌女生瞥了越穹一眼。

令她意外的是，越穹自從和唐心訣搶奪精靈失敗後，不知為何整個人安靜了下來，連這一波精靈跳上三樓，他也沒有出手爭搶的意思，任憑盾牌女生一個人收走兩隻。

女生可不相信他能大發善意，多半是在醞釀什麼陰謀詭計。

越穹目光冷漠，對外界審視的目光無動於衷。

他不動彈，一是因為有傷在身，二是忌憚六〇六那幾個女生，尤其是那根馬桶吸盤。

他自己也想不明白，為什麼馬桶吸盤能對他下手，為什麼遊戲規則毫不阻止……難道對方有什麼特殊能力能騙過規則？

在普通人無法看到的地方，一道黑霧正在環繞著他心臟緩緩遊動，猶如一根無風自動的針線般，彷彿在修補著什麼。

雙方心思各異，誰也沒有說話。只有馬小博茫然又小心地打量半晌，最終還是礙不過良心，對盾牌女生囁嚅道：「要不然，我去妳寢室裡找找看，有沒有繃帶什麼的？」

不知是不是因為精靈抓傷的地方有毒性，看這出血量，馬小博怕她失血過多而亡。再者他站在陽臺上也幫不了什麼忙，還不如做點力所能及的事情。

得到允許後，馬小博鬆一口氣，小心翼翼走進寢室裡開始尋找。

同一時間，剩餘幾隻精靈已經攀跳到了六樓。

和唐心訣推測的一模一樣，經過前五樓考生的抓捕，此刻剩下的精靈數量不多不少，剛好五隻。

唐心訣與鄭晚晴對視一眼，飛身而上。

近戰能力最差的郭果在後面按計劃布置，看到精靈張牙舞爪跳上來的瞬間，眼皮不由自主打了個顫。

「也不知道遊戲是怎麼取名字的，還小精靈，我看叫青面獠牙怪還差不多。大學城真的喜歡天上掉這玩意……」

她小聲吐著槽，飛快地將煙火拆分開綁在幸運弓箭上，然後咬著後牙槽拉開了弓。

「嘭！」

四道箭矢射出！

這是她們臨時想出的計畫。

這些「精靈」通常不會跳到同一個陽臺上，都是遠遠分散開。想要一網打盡，必須用其他方法將它們吸引過來。

第二輪的精靈隨著實力大漲，脾氣和攻擊性也直線上升。

在這種情況下，仇恨值有了用處。

果然，被幸運弓箭射中的精靈無不憤怒嘶吼，鱗片在弓起的後背上片片豎起。發現攻擊它們的是一個瘦瘦小小的女孩後，立即四爪並用狂奔而來。

「它們身體力量的確強化不少。」唐心訣解決掉一隻，紮緊斗篷：「就是腦子還沒跟上。」

第二隻精靈高高砸下，唐心訣在圍欄上腳尖一點，借著晾衣桿把身體向後拋去，躲開毒牙與爪子的夾擊，斗篷一揚，以極快速度罩住這兩隻。

手中布料連續下沉，又有兩顆精靈球到手。

「還剩兩隻。」

張遊有點擔心地看向斗篷，裡面已經沉甸甸裝了六隻精靈球，哪怕不提重量，剩餘能用來裝精靈的位置也不多了。

唐心訣卻不著急，抓著斗篷來回晃了晃。

而後，在眾目睽睽之下，斗篷裡籃球大小的鼓包飛快收縮，不到半秒就變成了碗口大小，小小一堆擠在一起，竟顯得黑色斗篷有些空蕩。

「數量到達一定程度，這些精靈球會自動變小，畢竟我們還要用斗篷，遊戲至少要留點活路。」

唐心訣反手一馬桶吸盤將一隻精靈杵進陽臺，側身迴旋單膝蕩到另一隻精靈坑坑窪窪的頭頂，精神力與斗篷同時施壓而下，使怪物發出一聲尖銳淒嚎。

把它收進去的前一秒，唐心訣手上的動作倏地停下。

她抬起眼，鄭晚晴三人正在對付落在陽臺裡的另一隻精靈。精靈凶惡敏捷，戰鬥經驗豐富的三人也不逞多讓，很快就將怪物壓制住。

張遊正在思考找什麼東西把精靈先捆住，等唐心訣下來再收。眼前卻忽地一黑——斗篷被唐心訣扔了過來，正落在她手上。

唐心訣言簡意賅：「妳們先收。」

「為什——」張遊問到一半就止住，明白了過來。

每一輪存餘的最後一隻精靈，會自動變異升級。

如果唐心訣先收走上面那隻，那麼接下來最先面對變異怪物的，就是她們三人。

第八章　變異

默契讓她們無需多言，也沒必要在這種關頭推拒，全然信任就是回答。

因此張遊點了下頭，無比俐落地扯起斗篷向下一罩，解決了倒數第二隻精靈。

同一剎那，唐心訣腳下踩著的精靈忽然發出一聲高亢的怪叫，整個身軀以前所未有的力量瘋狂掙扎，幾乎要將唐心訣掀下去！

張遊連忙把斗篷扔過來，唐心訣伸手接住那刻，精靈完成了變異。

兩隻由森森白骨組成的畸形長翅膀張開，又重又快向下搧，唐心訣半點猶豫都沒有，直接縱身向下跳。

有了翅膀，就代表不再受限於原本跳躍攀爬的移動方式，那麼一切戰術和計畫都必須立刻推翻重來。

果然，就在唐心訣跳下來的後一瞬，生出雙翼的怪物猛地向上飛起，後背上的骨骼一節節弓起旋轉，似乎要把身上的人甩出去——

然後它才後知後覺意識到，唐心訣已經不在它後背上了。

唐心訣單手掛在六〇六護欄下方，在五〇六考生驚恐的目光中望著精靈，點點頭：

「還好，這一輪依舊沒有強化智商。」

比起上一輪變異的身體膨脹，這一輪精靈為了配合翅膀，身體反而萎縮下去，包裹著毒液的腺體全部退化成堅硬鱗片，四肢縮短爪子變大，刀鋒般的漆黑指甲足足有半個手臂那麼長，讓人懷疑一爪子下去宿舍護欄能不能撐得住。

已經變異的精靈厲叫著飛上樓頂，就在眾人以為這一輪已經澈底結束時，搧著翅膀的畸形身影突然又從樓頂邊緣衝出，閃電般向唐心訣寢室俯衝而來！

「真記仇啊。」

唐心訣感慨一句，旋即手中斗篷一抖，風馳電掣往晾衣桿上一掛，黑色布料嘩地散下鋪開，剛好遮住四人面向陽臺外的空間。

下一秒，精靈直挺挺衝進了斗篷裡。

「吱！」

立地成球。

「太厲害了……白哥白哥，她們那是第幾隻了？有沒有六七隻？」

A棟三〇三陽臺上，幾個男生半蹲著忙碌地鼓搗著什麼，其中一個偷偷觀察對面情況，看到六〇六的五連殺操作時眼睛都直了，我靠之聲不絕於口。

被稱作「白哥」的白皙男生下意識撫平額頭上一縷翹起來的捲毛，淡淡道：「八隻了。」

問話男生：「……原諒鄙人沒文化，一句我靠走天下。」

他數了數自己寢室的抓捕數量，立刻面露痛苦：「不是吧，我們這邊才四隻，她們已經八隻了，還是沒到獎勵標準嗎？那我們要抓多久啊！」

白皙男生：「每個寢室的獎勵標準是不一樣的，實力越強的寢室，標準就越高。」

隨著這句話，他終於在護欄底部翻沿上找到了想要的東西，修長的手指輕輕一叩，混凝土翻沿就被卸下一塊，露出皺皺巴巴一團紙。

展開斑駁的紙面，上面猶如血跡的數字露了出來——11。

室友起身，倒吸一口氣：「這是……」

「這就是我們的獎勵標準。」白皙男生聲音很輕，卻有沉靜的力量：「我們至少要捕捉到十一隻精靈，才能拿到最終獎勵。」

「我靠！」

「噓小點聲。」

驚呼聲響起時，站在白皙男生對面的室友立刻捅了最遠處的嘮叨男生一肘：「郭良閉嘴。」

被嗆的人一臉茫然：「張弛你有病？我沒說話啊！」

「……」

四人面面相覷。

如果郭良沒出聲，那剛剛的一嗓子是誰喊的？

「我靠我靠！」

四人同時轉頭，就見到隔壁寢室不知何時探出一顆男生腦袋，驚呼聲就來自他的喉嚨。

男生嘴巴張成一個圓形，直勾勾看著他們，神情驚恐：「你們、你們沒死？」

三〇四的考生們本來好端端躲在寢室裡，突然聽到隔壁有許多人的說話聲響起，還以為鬧鬼了。

結果一出來才發現，真的鬧鬼了。

站在那裡嘰嘰呱呱個不停，姓郭的平頭健氣男生，他明明記得對方在比賽剛開始，走出來投降的時候就被暗箭偷襲死了！

還有後面那個姓張的瘦高個，難道不是第二個任務階段就被告密者的毒蜘蛛咬死了嗎？

他們怎麼全都詐屍了？

白皙男生用力按住腦門上炸起的毛，露出一抹溫和的微笑：「同學，這是個誤會……」

「什麼誤會，我親眼看見你們死了，遊戲還通知了呢！」

震驚令人口不擇言，三〇四一嗓子擴散開來，附近許多寢室都注意到這邊的異常。

什麼情況，比賽裡死人還能復活？

連盾牌女生都從備戰狀態抽出來一瞬，詫異地揚起眉，看向那間印象裡還停留在「倒楣」的寢室。

越穹嗤笑一聲：「蠢人。」

包括越穹在內，只有少數人對此沒什麼反應。

有的是在全心準備下一輪精靈出現，有的人是早已推測出真相，對三〇三寢室的情況並不意外。

最高層甚至還有個妹妹頭女生小小歡呼了一聲，被發現後立刻縮縮脖子站到唐心訣後面。

小幅度扯了扯唐心訣的袖子，郭果難掩興奮地分享：「我猜對啦！」

果然和她之前猜的一樣，三〇三寢室根本沒死過人！

這個寢室連續兩名男生被告密者擊倒是事實，但被攻擊的人很快爬進寢室裡，誰也沒看到他們澈底咽氣身體消散的模樣，唯一的佐證就是遊戲提示考生死亡的聲音。

但若這個「死亡提示」，其實不是三〇三裡的考生死亡，而是告密者死亡的提示呢？

郭果越說越興奮，她終於體會一次唐心訣說出推測時的思考方式：一旦找到最核心的線索，所有的關鍵自然而然一一對應上來。

全場第一個死亡提示，可以說是三〇三被偷襲的倒楣男生，同樣也可以說是陰鷙男生的告密者室友——而陰鷙男生寢室之所以只出現他一個人，就是因為他的室友被三〇三用某種方法反殺了。

同樣的邏輯換到三〇三第二個「死亡」的考生身上，對應當時悄無聲息死去的告密者，應該正是大個子寢室裡，隱藏起來操控毒蟲的人！

現在，本來應該在三〇三「死亡」的兩個男生，都毫髮無損站在陽臺上，更驗證了這一事實。

郭果興奮之餘還不忘記問唐心訣：「訣神，妳最開始是怎麼發現的？」

唐心訣抬頭望著樓頂，目不斜視道：「他們倒下時，從精神領域看過去，靈魂火團並沒消失，只是黯淡了一下，回到寢室裡後生命力就恢復了。」

當死亡提示響起，真正有生命力波動的方向，則是來自其他寢室。

郭果：「……」

她再次直觀地意識到，精神力是多麼變態的大殺器。怪不得學生商城裡標出了天價，怪不得高瑩寢室要全部供養一個人發育，怪不得……遊戲要給她們這麼高的難度。

咦？

郭果被自己最後冒出的想法嚇了一跳。

她還沒想清楚這個念頭是怎麼蹦出來的，就被唐心訣突然向後一推，再由鄭晚晴眼疾手快挽腰送到門內。這麼一連串極其快速的動作下來，她才有時間抬起頭，然後聽到一陣響雷似的炸裂巨響，無數道黑影烏泱泱從六樓飛了下來——第三波捕捉開始！

這次它們的速度實在太快，連唐心訣都沒來得及數共有多少隻，轉瞬就到了眼前。深藍色鱗片，白骨翅膀，巨大利爪，一公尺左右的身軀，與上一輪變異的那隻精靈一模一樣。

「防護罩！」

六樓所有還站在陽臺上的考生，都在看到這一幕後做出了一模一樣的判斷。

——只有一兩隻正面對抗就算了，這可是至少有幾十上百隻，同時俯衝下來他們根本沒有反應時間！

這些變異精靈很快就全部飛到下一層樓，只有唐心訣用馬桶吸盤吸住兩隻，等全打暈塞進斗篷時，她和鄭晚晴肩膀也各留下一道血痕。

「別動，等我拿藥。」

張遊和郭果立刻按住兩人，郭果先火急火燎用驅魔術試了一遍，精靈留下的傷口沒有魔法痕跡，她才放鬆不少。

但當張遊噴完止血劑和恢復藥，兩人鬆弛的眉心又重新皺了起來。

藥物沒有用。

兩道深深的傷口只有十分輕微的改善，依舊血流不止。唐心訣搖搖頭：「是毒素。」

「精靈爪子裡藏著毒腺，毒素會留在我們傷口上。」

唐心訣扯下一塊繃帶將傷口牢牢纏了好幾圈，出血情況才有所好轉。她本來就泛著冷白的臉頰現在直接白得像張紙，語氣還是很溫和：「等比賽結束，我們在商城買點解毒劑，搭配止血藥一起用就好了。」

張遊毫不猶豫：「現在就買。」

唐心訣更乾脆：「沒錢。」

現在在商城買，至少要花雙倍積分。

鄭晚晴傷口比唐心訣淺，一聽到談錢，纏了一半的繃帶差點扔下去：「我也沒錢！流點血算什麼，正好和我左手臂湊一對當免費刺青了。」

她一心升級拳頭到頂級，再搭配一身炫酷的鋼鐵鎧甲。積分看得比罐頭裡的肉還緊，要是在比賽裡大出血，半夜蒙著被子都要猛女落淚。

張遊皺起眉，罕見的不肯讓步：「要是郭果受傷，三倍積分妳們也會買。」

忽然被點名的郭果：？

唐心訣點點頭：「那等郭果受傷了再說。」

郭果：？？

她們沒能抽出多少時間談這話題，很快將注意力轉移回比賽裡。變異精靈這次的速度比上一波快了太多，等她們包紮好傷口，精靈已經再次從一樓掃蕩上來，帶起一片鬼哭狼嚎。

透過敏銳的動態視力可以看見，有十幾隻精靈翅膀下抓住了考生。考生們瘋狂掙扎，然而精靈飛得越高，他們掙扎的幅度也直線下降，趨近於等死狀態。

從六樓墜入一樓地面血霧裡，怎麼可能有活路？

然而下一秒，三樓忽然響起一道破鑼嗓喊聲：「往其他寢室跳！跳進去！」

被抓上高空的考生們愣然下望，便見到三〇七寢室陽臺前，一個和四周氣氛格格不入的黃毛男生正在用力招手，扒著護欄對他們比劃：「跳——」

眾人瞬間明白過來。

他們跌到一樓必死無疑，但要是能跳到兩邊高層其他寢室裡，便還有一線生機！

精靈們飛到六樓上方就會扔人，他們沒有任何選擇空間，只要抓住一丁點希望，就會毫不猶豫去做。

只要……這些陌生寢室的考生，願意收留他們。

隨著頭頂一聲厲嚎，精靈同時鬆開尖爪。

到這種時候，其他寢室是什麼想法，被扔下的考生們已經管不了了。

他們拚盡全力向兩邊寢室張開手，恨不得甩出身上所有的技能和道具，哪怕稍微改變一點方向，再一點……

讓他們活下去吧！

「噗！」

一張白色大網在空中彈出，牢牢黏在A棟六一二陽臺邊緣，下面掛住了一名高大偏胖的男生，像巨大的蜘蛛般死死扒住牆壁，手忙腳亂向上爬。

六一二陽臺上站著三個短髮女生，猶豫須臾還是幫了忙，把胖子拉了上來。

胖子劫後餘生趴在地上大喘氣，看著外面的考生宛如下餃子一樣墜落下去，後背滲出一層冷汗。

能在六樓或者五樓「迫降」，當然是最好的結果。

再往下，到四樓三樓，免不了要受傷，二樓一樓更不用說，砸下去可以直接淘汰了。

和胖子一樣幸運落在六樓的還有三個人，其中一個精瘦的矮個子男生沒用道具，而是在掉下來的瞬間抱住精靈的爪子，借力把自己蕩到了六樓，扒在護欄底部。

矮個男生呼出一口氣，背後是此起彼伏的尖叫聲，他不用回頭也能想像出那些人無助又絕望的表情。

然而比起同情別人，他更願意在心裡誇自己的智商和反應，能把握住別人把握不住的機會，合該他比別人活得更久。

這麼想著，男生臉上不禁露出一絲慶幸的笑容——直到他爬上護欄，笑意瞬間僵在臉上。

護欄內側，四個女生正默默注視著他。

矮個子男生嘴角輕輕抽動，抬起頭看了門牌號一眼。

六〇六。

靠。

為什麼！他下來的時候，為什麼沒看清楚門牌再跳！

整場比賽到現在，也許有考生還不知道精靈長什麼樣子，但絕不會有人不知道B棟六〇六——這個能讓比賽局勢兩級反轉，要麼不出手，要麼不留活口的可怕寢室。

規則雖然庇護考生之間不能攻擊，但兵不血刃就送人上路的方式有無數種，對方萬一想根除所有潛在競爭者……

豆大的汗水流下太陽穴，矮個子男生看見距離最近，也是四人中為首的馬尾女生向他伸出了手：「需要幫忙嗎？」

唐心訣也沒料到會有人跳到她們這裡。她看了還在上空盤旋的變異精靈一眼，準備先把人拉上來再說。

雖然黑色星期六煙火的霉運時效應該所剩無幾，但剩餘的死亡名額也越來越少了。到現在，已經有八十七名考生被淘汰，一旦這個數量達到一百，【寢室友誼聯賽】會直接判定為失敗，所有人都要功虧一簣。

這也是她之前沒有把告密者寢室全滅，而是留了兩間寢室沒下手的原因之一。只有先保證比賽繼續，才有最後的清算時刻。

可沒想到她剛伸出手，護欄外的矮瘦男生就像看到極其恐怖的場景一般，不僅身體瘋狂後仰，還迅速掏出一個圓球扔進陽臺。

白霧瞬間炸開，是煙霧彈！

唐心訣立即拉著室友後退，煙霧阻礙肉眼視野，卻對精神力毫無影響。她調動精神力看去，便看見男生趁著這幾秒跳到了隔壁陽臺。

隔壁是六〇七和六〇八寢室的地盤，此刻陽臺上空無一人，兩扇落地窗俱是一片漆黑，只能看到玻璃上血紅色的巨大叉號。

非常巧合，這兩間寢室的考生均在前面的任務環節被淘汰了，使陽臺成了「無主之地」。

矮瘦男生一翻進去先是一愣，然後是狂喜：還能撿到這種便宜？果然，合該他活下去，連老天都在幫他——

他徹底安下心來，臉上不僅重新露出笑容，還迫不及待站直了環顧四周。

直起身體的剎那，他臉上的笑容再次消失，只剩下猛然睜大的眼眶和收縮的瞳孔。

他的身體……

同一時間，被這邊動靜吸引望過來的考生，都瞪大了眼睛。

眾目睽睽之下，矮瘦男生的下半身，毫無預兆地消失了！

將煙霧驅散開，六〇六四人看到的就是矮瘦男生抱著自己腦袋哀號的畫面。

他胸部以下已經盡數消失，空中剩餘的身體也在飛快消散，就像被看不見的橡皮擦一點點擦除了一樣。

第一次見到這種場景，連本來想罵人的鄭晚晴都怔住了。

唐心訣沉聲開口：「是規則懲罰。」

如果男生跳進的是有人的陽臺，或許懲罰還不會來得這麼快。

陽臺是寢室領域的一部分，若寢室已經團滅出局，剩下來的陽臺會被判定為何種狀態？如果外來考生進入淘汰寢室的陽臺，會不會也被判定為「同類」？

在緊張的比賽中，很少有人會思考這些問題，除非它逼到眼前。

隨著最後一點身體消失，遊戲提示響起，矮瘦男生用死亡眾人示範一個不太樂觀的答案。

「十三個人被扔下去，活了十個。」唐心訣簡潔掃視一圈。

最倒楣的一個摔在二樓重傷，剩下大多都在五樓、六樓找到了臨時落腳點。他們本來以為能鬆一口氣，現在卻看著矮瘦男生死亡的位置，臉色複雜。

進空陽臺會受到懲罰，那有人的陽臺就真的安全了嗎？

三〇七陽臺上，馬小博鬆了口氣。

由於同一棟宿舍的視野限制，他看不見矮瘦男生在六樓灰飛煙滅的情況，只知道大多數考生成功找到了「借住」的陽臺，心中十分高興。

趁著下一波精靈還沒來，他趕緊對盾牌女生說：「妳傷口還沒好，我繼續去屋子裡找繃帶和藥，需要的時候叫我一聲就行。」

剛才事發倉促，他只來得及扯了個外套出來充當暫時包紮，但衣服怎麼能當繃帶用呢？對傷口也不好。

他心中多少有點歉意，沒等回答就馬不停蹄跑到寢室裡繼續忙，找的時候還不忘記和站在陽臺上的盾牌女生聊天：「對了大佬，妳知道自己要抓的精靈數量嗎？也不知道遊戲給的標準在哪裡能找到。」

盾牌女生望了室內一眼：「七隻。」

馬小博精神一振：「大佬你怎麼知道的？」

而且現在大佬已經抓了五隻，四捨五入豈不就是馬上要通關了？

「這種資訊要麼是比賽剛開始時給出提示，要麼藏在寢室某個地方。寢室實力越強，數量要求就越高。」

越穹的聲音突然插了進來。

他似乎找到了感興趣的話題，似笑非笑地搭話：「比如我們得到的提示，是捕捉十一隻。」

盾牌女生沒有理他，相當於默認了這解釋。

至於通關……

女生轉頭看向天空：「沒那麼簡單。」

越接近捕捉數量，難度就會越高。

精靈已經進化了兩次，誰也不知道第三次時會以什麼形態出現。而現在距離捕捉時限結束，還有十五分鐘。

天空中，剩餘精靈還在嘶叫著盤旋，似乎沒有離開的意思。

為什麼它們還不走？就像是在……等待什麼一樣。

下一輪遲遲沒有到來，盾牌女生下意識皺起眉。

不知為什麼，她心中有一種極不舒服的預感。時間每過去一秒，這種感覺就愈加強烈。

她忽然轉過身叫住了馬小博：「別找了，我先送你回寢室。」

「啊？」馬小博抬頭：「可我還沒找到……」

「別找了。」盾牌女生重複了一遍，語氣強硬。

「哦，好的。」馬小博撓撓頭，聽話地起身向外走，卻在目光不小心瞥到一處時，身體猛地一僵。

他以為是自己眼花看錯了，連忙舉起手來仔細看，瞳孔中映出茫然。

迎著窗外的光線，他的手臂反射出鱗片的藍光。

一片又一片，寸寸擴散。

當馬小博看清手臂上的東西，他澈底僵在原地。

寢室外，盾牌女生察覺到不對，提高音量：「馬小博？」

第一次，屋內男生沒有應聲也沒有動彈。從她的方向望去，只能看到男生擋住臉的，顫抖不止的手肘。

她心頭一沉，立刻向裡面走去。對方這才回過神來，兩條手臂垂落下去，慘白的臉上露出比哭還難看的笑。

「大佬。」他張了張嘴。「我好像，要死了。」

女生目光落在他身上。

那兩條原本完好的手臂，不知何時竟布滿了深藍色的尖銳鱗片，從肘窩一直蔓延到手腕，正在向四面八方飛速擴散！

握緊盾牌，她箭步衝進去將人拉出來，一握住馬小博的肩膀，就湧上一股冰到極致的寒意。

女生動作微不可察地一滯。

此刻馬小博的身體，與精靈身體的觸感……一模一樣！

縱使腦中驚濤駭浪，她到底不是擅長分析的類型，只能先把人帶到陽臺上再透過精神連接求助唐心訣。

然而就在這瞬息，馬小博身體表面的鱗片已經以難以想像的速度擴散到臉上，脖子以下所有暴露在外的皮膚更是完全長滿，反射出不祥的幽藍光線。

「大佬……我……不……寢室……」

馬小博痛苦地扼住自己喉嚨，聲帶變得扭曲詭異，發不出完整的聲音。附近陽臺上注意到這邊的考生嚇了一跳，有人罵了一聲，吃驚地問：「同學，妳寢室裡出了精靈？」

被盾牌女生冷冽地看了一眼，這人一個哆嗦縮了縮脖子，才注意到不對勁之處。

這隻「精靈」的頭部，分明是人類考生的腦袋！

或者說……這是一個人類男生的腦袋下，長出精靈的身體！

震驚與恐懼相間的叫聲不斷響起，越來越多人被吸引目光望向三〇七陽臺。盾牌女生對此視若無睹，她嚴肅又專注地聽唐心訣說話。

唐心訣聲音同樣浸著冷意：『規則懲罰開始，他已經變異，沒有時間了。』

早在馬小博進入三〇七陽臺，她就提醒過盾牌女生，不要讓對方待得太久。

現在一語成讖。

已知這場比賽有許多不可以違反的規則，陣營規則、攻擊規則、任務規則、死亡規則……

矮瘦男生的湮滅則表明，連考生所處的區域，也是規則限制的一部分。

離開自己的寢室，就會受到懲罰。

盾牌女生臉上面無表情，在精神連接中的聲音卻非常急促：『一點辦法都沒有了嗎？我有盾牌，我可以把鱗片刮掉。』

唐心訣：『……』

妳當關羽刮骨療傷呢？

她用精神力看著瞳孔已經擴散的男生，抿了抿唇：『兩個方法。一是現在就讓他通關，離開副本自動恢復。二是送回他自己的寢室，有百分之十的機率能活下去。』

但另外九成的機率，依舊無法扭轉死局。

盾牌女生毫不猶豫，『我送他下去。』

她把馬小博托起放到護欄上，男生順從地垂著手臂，哪怕鱗片已經覆蓋了大半張臉，也沒有因為極度痛苦和恐懼而翕張釋放毒液，始終扁平地貼著皮膚，直到思緒開始混沌不清。

他抬起頭看著盾牌女生，還是發出和之前一樣單一的音節，似乎想表達什麼。

盾牌女生聽不懂，但是唐心訣聽懂了。

『他不想回到自己寢室。』

女生動作頓住，眸光銳利：『為什麼？』

唐心訣看著馬小博逐漸熄滅的精神火焰，無聲地嘆一口氣：『他撐不住了，等他變成精靈，他的室友實力不夠強，沒有能力控制住他，反而會被他害死。』

『如果留在妳這，妳將他收進斗篷，還可以幫妳加一分。』

她講出馬小博最後一句話：『就當感謝妳之前救下他，將他收留在這裡。』

馬小博澈底垂下頭顱，他染成金黃的頭髮枯萎掉落，長出了怪物崎嶇尖銳的角。

盾牌女生下意識撈住他防止掉下去，下一秒面前的頭顱突然抬起。熒綠的眼睛充滿惡意，發黑的嘴唇裂到耳根，發出一陣熟悉的嘶鳴——一條長滿口器的長舌驟然從嘴裡刺出！

「澈底變異。」

唐心訣睜開眼，揉了揉使用精神力後有些疲倦的眉心。

在看到馬小博變異形態的第一時間，她就將精神力視野共用到六〇六四人腦海。現在所有人臉上頗為嚴肅。

這次她們看見的，和前三輪出現的精靈模樣不同。

之前的精靈無論身體大還是小，有翅膀還是沒有，始終維持著「怪物」的身軀形狀，與人類大相徑庭。

但現在的「馬小博」，雖然完完全全變成精靈，四肢和軀幹卻還保持著人類形態，既有屬於怪物的攻擊能力，又保持了人類的攻擊和行動方式。

甚至更加棘手的是……

張遊眉心像打了個結：「它還有智商。」

「嘶！」

三樓傳出尖銳叫聲，長髮女生甩開帶著血跡的髮絲，將盾牌插入精靈的咽喉。人類的脖子被這麼插入一半肯定當場咽氣，但「馬小博」的身體卻還在詭異地顫抖。

沒過半秒，它的雙手雙腳就像融化的液體一樣開始拉長，鱗片下的利爪變成口器，整個身體分化成了核心軀幹和五條一模一樣的「舌頭」，繼續對盾牌女生發起攻擊。

女生沒有抽出盾牌，而是低聲念出一句咒語，周身瞬間出現四道一模一樣的「盾牌」，擋住了襲來的口器。

這就是她一直操控著用來遠端與告密者打架的招式：盾牌虛影。

只是在此之前，展現在所有考生眼前的僅有一道虛影，此刻卻同時召喚出數道，且各自宛如有意識般挪移變幻，盾牌女生臉上絲毫沒有難色。

原來她之前也藏了拙，真正的實力直到現在才表現出來。

隔著幾步之遙，越穹悠哉地看著戰鬥場景，既沒有幫忙的打算，也沒有落井下石的行動。

他就像一名興致盎然的旁觀者，一邊津津有味看著好戲，一邊還要評價兩句：「情緒波動達到高峰了啊……原來如此，同伴相殘，這就是妳不能接受的逆鱗吧？果然，執拗的行為邏輯都要伴隨心魔……」

「閉嘴！」

盾牌女生從未覺得一個人的聲音能如此聒噪，甚至超過了最開始那個滔滔不絕，總是自稱「在下」的文縐縐男聲。

她手上一用力，赤紅的鮮血從「馬小博」脖頸內噴出，就像這具身體依舊屬於人類一樣。

被濺了一身血，盾牌女生反而冷靜了些許。她抽出盾牌，沒去管剩下四根依舊在亂舞的口器，而是直接扯出斗篷。黑色斗篷在女生冷若冰霜的表情中向「馬小博」罩了下去。

人已死，她的憤怒沒有意義，一切該結束了。

兩棟宿舍的無數陽臺上，其他考生們也默默看著這一幕。

其中，剛剛從精靈利爪下逃生，正站在其他陌生寢室陽臺上的考生，臉色慘白一片，毫無血色。

從此刻的馬小博身上，他們彷彿看到了接下來的自己。

如果這真的是比賽懲罰，那麼他們會不會也，也變成這樣——

「嘶啦——」

就在這一刻，一件出乎所有人意料的事情發生了：兩根口器突然夾住罩下的斗篷，將它猛地掀了起來！

盾牌女生猛然後退一步接住斗篷，好在她沒有從戰鬥狀態脫離，第一時間擋住了精靈的攻擊，又一次陷入纏戰。

三層樓上方，郭果一個激靈從精神力視角睜眼，愕然道：「斗篷不能用了？」

「不是斗篷失效。」唐心訣閉眼開口：「是因為它現在狀態還有一部分是人類。」

斗篷只能用來「裝」精靈，如果精靈躲在人類的皮囊裡，斗篷便不再具有克制力量。

除非……

她展開精神力，深深探去。

盾牌女生就地翻滾躲過一擊，銳利如刃的審視目光剛落在「馬小博」身上，聽到了唐心訣的聲音：『它軀幹從上至下三分之一處，切開那裡。那就是它的核心！』

聲音落入腦海，女生毫不猶豫舉起盾牌，踏著護欄轉身迴旋，將削金如土的金屬插入怪物的軀幹內，狠狠一挖——一塊與胸腔黏在一起，一半猩紅一半暗藍色的腐爛心臟，骨碌碌滾了出來。

精靈瘋狂扭動的身軀像被按下停止鍵，又像是失去了動力來源，有那麼一瞬間，它布滿血污的臉上重新浮現馬小博的五官，用一種只有人類才能看懂的表情，望向盾牌女生。

他似乎想說什麼，但只微微張開嘴，沒有聲音。然後再次暗淡，澈底消逝了。

它的身體轟然倒塌，飛快萎縮成沒有生命力的一小團，這次毫無反抗地被斗篷罩住，變成一顆新的精靈球。

『叮，已有學生死亡，疊加難度1％，當前總疊加89％。』

在馬小博被宣告死亡的時刻，天空中盤旋的變異精靈們彷彿受到某種召喚，散開沒入樓頂不可見處，再無蹤影。

「第三輪結束了。」一個考生望著天空，輕聲呢喃。

一輪的結束，意味著下一輪的開始。

那麼第四輪的精靈，現在在哪裡？

沒有人出聲，在詭異的沉默中，許多人不約而同地看向幾個位置。

坐落在兩棟樓的不同寢室內，共有十名臉色蒼白得過分的考生，他們直直站在護欄邊緣，正死死盯著馬小博死去的方向。

「同學、同學？」

A棟六一二寢室陽臺上，三個短髮女生踟躕地站在一名肥胖男生身後，試探著叫後者，卻沒得到回答。

胖子是在剛剛被精靈高空拋墜時掛到她們寢室旁邊，被她們一時心軟拉上來的。可當看到馬小博的下場後，她們心底不由得開始打鼓。

本來胖子除了過度害怕之外，一切還算正常。可不過短短幾十秒的時間，在遊戲提示馬小博死亡的同時，胖子像被什麼東西吸引了一樣，直勾勾杵在原地一動不動，對外界毫無反應。

三個女生對視一眼，心中同時浮起猜測。

果然就在下一秒，隨著遠處傳來一聲尖叫，胖子突然猛烈抽搐，皮膚大片大片脫落，宛若被從裡面劃開，鑽出來取而代之的則是一隻肥碩巨大的藍色精靈！

「快，把他們送回自己寢室！」

「沒用的，已經來不及了。」

目睹十名考生同時變異，有人驚慌失措，也有人後知後覺認清了現實。

從最開始，這些考生被精靈抓住的那一刻，他們的結局就已經決定了。

而且從未存在更改的可能。

「這就是第四輪呀。」

越穹不知想到什麼，眼睛彎了起來。

「十隻精靈，只能分給十個幸運寢室，僧多粥少啊。可惜了，如果當初你們多救幾個人，現在或許還能多出幾隻精靈。」

他語氣輕鬆愉快，彷彿這些死去的不是活生生的考生，而是可以變現算計的貨物一樣，令聽到的人很難不脊背生寒。

「順便提醒一下，現在距離捕捉時間結束，只有十分鐘了。」越穹再度開口，意有所指：「如果這一環節再拖還下去，你們確定能完成自己的捕捉數量嗎？」

不少人神色微變。

他們親眼看著剛剛救過的同類變異成怪物，哪怕明確知道只有殺了對方才能得到精靈球，也有些不忍下手。

但是比賽步步緊逼的時間節奏，卻不允許他們優柔寡斷。

一樓和二樓陷入死寂，就在五分鐘前，這些嘶吼不止的「精靈」還是他們的室友，現在卻是待被捕殺的怪物。

但他們無法阻止，只能讓自己不抬頭，不去看上面激烈的戰鬥。

『叮，已有學生死亡，疊加難度1%，當前總疊加90%。』

『叮，已有學生死亡……當前總疊加91%。』

『叮……』

有圍觀盾牌女生擊殺人形精靈的經驗，考生們相繼占據上風。有實在打不過的也不強求，乾脆俐落躲起來，再由其他想要分數的寢室把精靈吸引過去。

一隻又一隻精靈被成功捕捉，死亡提示接連不斷。一開始似乎沒人意識到不對，直到這場捕殺接近尾聲，才有越來越多的人意識到另一個嚴峻的問題。

「死亡人數……」

「已經九十多個了……」

「還剩幾個？等等……」

等等！

最後一隻精靈被刺穿軀幹前，終於有人大喊出聲試圖阻止：「別殺它！死亡人數已經到九十九人了！」

——只要比賽死亡學生總人數載入到一百，這場比賽就將被判定失敗！

誰知道判定失敗的後果是什麼，萬一是集體抹殺呢？誰能冒這個險？

砍刀在精靈身前堪堪停住，持著砍刀的眼鏡男生喘著粗氣，外界喊聲烏泱泱傳進耳朵裡，他臉上露出一絲茫然。

「沒用的。」

混亂中，平穩的少女聲音穿過人群，清澈地落在考生耳中。

抬頭望去，唐心訣站在最高層的陽臺前，雙手放在欄杆上靜靜看著發生的一切，不知道已經看了多久。

她冷靜地開口：「僵持在這裡，精靈不捉住，下一輪不會更新，我們所有人都會被拖死。」

「放它走，可能傷害其他考生，死亡人數增加，也是同樣結局。」

或者說從一開始，她們就只能往前走，沒有半途停下的機會，無論有沒有人發現都一樣。

人群安靜下來，砍刀落下。

『叮，已有學生死亡……當前總疊加99%。』

距離一百，只差最後一個人。

這個事實像座無形的山，壓在所有人心上。

因為這代表從現在開始到比賽結束，他們不能再死任何一個人，無論這個人是告密者還是好學生。

只有全員活到最後，他們才有通關的可能。

在這種壓抑的氣氛中，驟然響起的笑聲格外突兀。

順著聲音來源看去，就看見一個戴著黑色口罩的高瘦男生正靠在B棟三〇八陽臺上笑得前仰後合。

不是越穹是誰？

當一個板上釘釘的告密者在這種時刻大笑，簡直是在眾人搖搖欲墜的心態上跳舞。有人忍不住吼道：「你笑什麼？」

足足過了十幾秒，越穹才直起腰，懶洋洋反問：「比賽結束了，我開心不是很正常麼？」

「你他媽瘋了？比賽要是結束，我們全都失敗了，有什麼好開心的？」

越穹挑眉：「注意措辭，是『你們』會失敗。可是你們失敗，和我有什麼關係呢？」

「遊戲從來沒說過，我們的任務是一樣的。」

他聲音輕佻，落下時卻像死亡宣判書。

「你們的失敗，從某種程度上，也算是我們勝利——這是很難猜測出來的嗎？」

「不如說，只是你們不敢面對吧。」

一句話燎起熊熊大火，還沒等心情炸裂的考生情緒失控，冷靜些的人連忙出來打斷：「別被他帶了節奏。別忘記，我們現在才死九十九個，比賽根本沒結束！」

說到這裡，那人忽地警覺起來，連忙倒退兩步看向越穹：「你不會要攻擊我們吧？勸你死心，規則不會允許的。」

越穹張開雙手：「不用擔心，我沒有這種違反規則的蠢貨想法。」

「只不過……」他打了個響指，「自殺的人，應該不會受規則影響吧？」

話音方落，站在他後面的兩名男生就詭異地顫抖起來。

眾目睽睽之下，其中一人摸出匕首刀刃翻轉，就這樣用力扎進自己胸膛！

第九章　操控

刀刃刺破血肉的悶響，在驚駭欲絕的眾人耳中無異於一記喪鐘。

沒錯……規則只規定「考生之間」不能互相攻擊，從沒規定過不允許自殺！

可是哪個正常人會為了坑對方陣營而自殺？誰能想到這點？哪怕親眼看見越穹身後的男生親手捅了自己，還是有人不相信自己的眼睛。

「自殺？」

盾牌女生單膝跪在馬小博留下的血跡中，冷笑著抬頭：「他們是被控制的。」

一語驚醒夢中人，當眾人仔細看去，果然發現用刀扎進胸膛的男生的手小幅度的顫抖，看起來像是恐懼掙扎，可臉上卻木訥無表情，瞳孔呆滯渙散。

難道越穹也是精神力異能者？

不，如果用精神力控制別人不算傷害，那六〇六的精神力大佬完全可以直接把越穹解決掉了。但對方現在沒出手，說明越穹用了另一種方法鑽規則漏洞。

能活到現在的都不是傻子，考生們心中立時有了答案。

如果三〇八這些形如傀儡般的室友，早在比賽開始前，就被越穹控制了呢？

那這種控制究竟可怕到何種程度，能像現在這樣，僅僅心念一動，就可以令一個人馬上自殺？

但比起越穹的變態和殘忍，他們對自己的處境更加絕望。

「自殺」男生已經拔出了刀，傷口像泉眼般向外噴血，位置就在心臟處，一眼就知道必死無疑。再厲害的治癒道具也沒有用，第一百個死亡名額已成定局。

他們彷彿聽到了遊戲的失敗提示。

越穹口罩下的笑容更加明顯。

「雖然還沒玩盡興，不過，再見啦。」

他也閉上眼，迎接一切的結束。

一秒鐘過去。

兩秒鐘過去。

預想中的宣判聲卻沒有響起，四周仍是一片寂靜。

不對……越穹猛地睜開眼，轉頭向剛剛「自殺身亡」的王盆看去。

王盆依舊保持著原來的姿勢，鋒利的刀刃殘留的血珠向下滴落，可他非但沒有咽氣，呼吸似乎還更加平穩了。

越穹：？

其他考生：？

越穹雙眼剛詫異地睜大，見到一簇白色光團從對方傷口處冒了出來。

觸目驚心的傷口一碰到這團柔和的光暈，立刻停止出血。斷裂的肌肉組織和血管彷彿乾涸的土地遇上雨水，瞬間抽芽重新生長復原。

治療術！

越穹臉色瞬間冰冷無比，撲上前要阻止治療。可治癒光團同時光芒大作，刺得他不禁閉了下眼。再睜眼時，王盆胸膛恐怖的傷口已經無影無蹤。

——剛剛的治療，硬生生把王盆從死亡線上拉了回來！

怎麼可能……

越穹咬住後牙槽，聲音從唇縫裡迸出：「規則說，不允許考生之間互相……」

「不用擔心，我沒有這種違反規則的愚蠢想法，只不過——」

遠處傳來年輕溫和的男生聲音，語氣卻模仿得一如越穹之前的嘲諷：「如果是純粹的治療，應該不會受遊戲規則的影響吧？」

越穹猛然望去，聲音來源正站在對面樓三〇三陽臺上。一個黑髮微捲，高挑清瘦的白皙男生閒適地搭著護欄，掛著淡淡微笑看著這邊。

治療光團殘餘的暈輪環繞在他掌間，映著本就白皙的皮膚更加透明，彷彿在身段上籠罩一層聖光，沒有任何壓迫感，卻同樣令人心驚。

這是只有治療系異能者才能擁有的能量！

男生甚至還朝他點了點頭，微笑道：「越同學，生死不由人啊。」

越穹：「……」

這句話從一個牧師口中說出，傷害沒有，侮辱性卻直飆頂峰。

他記得這個男生，就是之前反覆假死，甚至還把殺告密者的鍋甩在他頭上的心機寢室裡實力最強的那個。他也想到了按照這場比賽的考生人數，應該會有治療系異能者出現。但他卻沒有算到，治療系異能者的實力會這麼強，開大招的時候甚至讓人連死都死不了。

這是什麼道理？

或者說，到底是異能本身的強悍……還是人？

口罩也遮不住越穹臉色的難看，但他很快意識到這樣只會被人看笑話，便強迫自己收斂表情，兩隻眼睛重新彎起，裡面卻沒有半點笑意。

「可以。不過我也很好奇，治療系的異能最多能使用多少，你又能救下他們多少次呢？」

他再次打了個響指，剛剛險死還生的王盆就不得不顫抖著再次拿起刀，對準了心臟。

他其實可以直接命令傀儡跳樓，對方就算治療術再強也沒用。但剛剛被打臉嘲諷令他心中積了一口氣，只想用最惡劣的方式消耗掉對方的異能和心態。

再讓對方絕望中眼睜睜看著治療目標死去，這樣最好了。

響指在空中清脆響起，然而這次，越穹沒聽到身後傳來任何動靜。

他心頭一跳，立刻轉身。

原本靜靜站在他後方兩側的王盆和李享，此刻不知為什麼都翻起了白眼，身體不規律地抖動著，無論他怎麼操控都沒有反應。

糟糕！

越穹瞬間就猜到了怎麼回事：「又是妳！」

這次他不用看就知道是誰的聲音。

除了六〇六的那位……還能有誰？

最高層陽臺上，唐心訣同樣倚著欄杆。

越穹看不見她，她卻能清晰地看見一切。

面對質問，她笑了笑，說出了與三〇三治療系男生一模一樣的話：「同學，生死不由人啊。」

全程圍觀的眾人：「……靠。」

他們比越穹更加震驚。尤其在強烈的憤怒和絕望衝擊之下思緒空白好幾秒，現在才後知後覺意識到——這裡相當於同時有治療系與精神系大佬強輔控場，還怕人自殺嗎？

而這句「生死不由人」，翻譯過來就是：這是你想活就活，想死就死的地方嗎？

字面上看雖然不講理到了極點，但在絕對實力面前，強盜邏輯讓人無法反駁。

越穹被氣笑了。

這一刻，以他的厚顏無恥程度也忍不住破防，陰森森脫口而出：「原來精神力異能也可以越過規則，這我倒是沒想到。」

唐心訣搖搖頭：「我可沒有攻擊他們，只是看他們精神狀態太過緊張，安撫一下而已。」

說罷，她伸手在空中一點，王盆和李享兩眼一翻，澈底暈了過去。

越穹所謂的自殺命令，本來就是施加在兩個男生身上的精神壓制，建立在兩人能自主完成的前提下，才不算違反比賽規則。

反之，只要增強兩個男生本身的精神力量，與命令產生衝突陷入混亂，當兩人昏迷失去行動能力，越穹的手段也就不攻自破，煙消雲散了。

隨著兩人倒地，越穹站在原地一言不發，其他考生們寂靜無聲。

他們甚至還沒反應過來，在這短短幾十秒裡究竟發生了什麼？

治療系異能者橫空出世，自殺男生從行將咽氣到轉死為生，又被六〇六的精神力大佬弄暈倒地，澈底失去自殺可能。

這一波讓人應接不暇的連消帶打下來，硬是讓遊戲半點死亡通知都沒發出來。

所以……他們現在安全了？

看著越穹陰翳沉鬱的氣場，眾人又看了看三〇三和六〇六的陽臺，無法描述心中驚濤駭浪的情緒。

這簡直如同坐了場真人雲霄飛車，又在最高點體驗一次安全帶瀕臨斷裂的危險，度過危險之後被通知中了五百萬彩券一樣刺激！

「當然，你現在還有最後一個方法，也能讓我們失敗。」

唐心訣聲音驟然響起，剛剛放下心的考生太陽穴頓時一突，心又重新提起。

越穹抬起頭，只聽到女生溫和的音色：「既然不能讓別人去死，那你自己死一死，應該沒問題吧？」

越穹：「……」

「對啊孬種，為什麼非要用別人的命來做賭注，你自己的命不是現成的嗎？」

從眾人視角看去，一直站在精神力大佬身側，不怎麼說話的長髮高冷美女忽地開口，語氣又凶又冷。

一旁戴著眼鏡的白襯衫女生接過話頭，嚴謹地分析：「要是真想贏，現在從樓上跳下去，保證誰也攔不住你。相信比賽結束之後，你室友會很感謝你的主動犧牲的。」

張遊把最後兩個字說得很重，哪怕隔著三層樓，越穹眼角也不禁抖了一下。

「沒錯沒錯。」最後面略微矮小的妹妹頭女生小心翼翼拉住大美女的手臂，用力點頭：「你要是真的厲害，就對自己下手嘛，找我們這些無辜弱小的人算什麼本事。」

考生們：「……」

無辜弱小？說這話的時候，能不能先收起妳肩膀上的弓箭，妳旁邊大美女手上比鍋還大的鋼鐵拳頭，以及戴眼鏡姐姐手裡磚頭大的帳本？

還有最重要的，妳們是怎麼當著精神力女生的面，坦然說出無辜弱小兩個字的？

好學生陣營還有比妳們更會搞事的嗎！

六〇六聽不到眾人心中無聲的吶喊，但她們能確保己方的嘲諷輸出被越穹一字不漏聽了下去。

其他的倒無所謂，主要就是想抓緊時間噁心一下這個神經病。

嘲諷歸嘲諷，告密者搞事的可能性已經被掐滅，捕捉時間剩餘不多，唐心訣無視了越穹難看的臉色，話鋒一轉回到主題：「現在場上所有同學，如果沒有把握能在接下來捕捉活動中保證自己安全的，請回到寢室裡。」

她們現在離比賽失敗依舊只有一線之隔，任何一個考生不慎死亡，都會導致全域崩塌。

而下一輪精靈只會更加凶悍危險，在保護規則之下，只有躲在屋內，才是絕對安全的方法。

在唐心訣聲音落下後，宿舍陷入短暫的沉默。

對一個寢室來說，留在外面的人數越多越安全，一旦有一部分人需要躲起來，那剩餘室友遭受的危險也會大大提升，最後只有一個結果，那就是整個寢室同進同退。

而躲起來，就相當於主動放棄了捕捉獎勵。

過了須臾，A棟五樓一間女生寢室率先收起斗篷和武器道具，寢室四人同時退回屋內。

她們的動作像打開了某種開關，陸陸續續有寢室打開陽臺窗退了回去，也有寢室小聲且迅速地商量，聲音在空中交織成細密的網。

越穹忽地嗤笑一聲：「就這麼甘心為別人做嫁衣？」

正在收東西的一名女生動作微頓，反唇相譏：「現在回去至少能保證活命和基礎獎勵，在外面繼續莽，最後恐怕連骨灰都沒人收。」

其他人也稀稀落落接話：「還好吧，我們至少沒有一個會控制我們自殺的室友，賺了賺了。」

越穹：「……」

唐心訣輕輕挑眉：「越同學，要是沒有剛剛那一場，現在你的挑撥或許會更有效果。」

只可惜經歷過差點因為一人死亡導致全員覆沒的危險，大多考生有了心理陰影，沒人想再體驗一次這種刺激。

越穹死也想不到，他白白搞了一次事不僅沒成功，反而還幫考生們心裡加了桿秤。導致眼下幾乎沒有人打算硬來，場面分化得異常迅速且和諧。

不到半分鐘的時間，兩棟樓的陽臺空了一大半，只有少數寢室全副武裝站在原地，準備迎接下一輪捕捉。

從六〇六向下俯瞰，現在還在的都是臉熟的人。當目光掃到對面樓斜下方，一眼就能看到三〇三陽臺上的男生。

黑髮的治療系男生周身光輝未散，甚至有越來越燦爛的趨勢，彷彿在醞釀大招。

郭果忽然想起一件事，問唐心訣：「對了訣神，妳當時怎麼知道他是治療系異能者的呀？」

越穹那邊還以為兩個異能者的組合拳是臨時起意，但事實上，一切都是早已計畫好的事情。

在越穹準備搞事時，唐心訣就聯絡上了三〇三寢室——治療先手，精神力後手，不僅澈底廢掉越穹的招數，防止最後幾分鐘他跳出來搗亂，也能保證好學生陣營的應對能力。

唐心訣回答她：「最開始的時候。」

從發現三〇三第一個男生表面受了重傷，一回到寢室內生命值卻飛速恢復開始，她就意識到，這個看起來倒楣中還帶點搞笑的寢室，或許藏著一位實力極強的奶媽。

再次確認這一點，則是在她精神力第一次消耗過度，正在休息時忽然接收到一股純粹的治癒能量，透過能量來源找到對方的位置，正是三〇三剛剛露面的黑髮男生。

這時男生正好向上望過來，微微點頭示意，順手壓住額頭翹起的一縷捲毛。

「加油。」他輕聲說道。

聲音不大，但他知道六〇六能聽到這句話。

接下來，就是各憑本事的時間了。

「啊，對了白哥，有個事我想問很久了。」

男生身後，郭良突然出聲，撓撓頭露出一口白牙，聲音興奮：「剛才你治療那個口罩變態的室友，明明將生命值搶救回來就行，但你卻把他完全治癒了。這是為什麼呀，是不是因為覺醒了新技能？」

他覺得自己的猜測肯定沒錯，甚至還和張弛賭了一包麻辣點心麵，趁著精靈還沒出現連忙急切詢問。

男生卻神色淡淡，一如既往言簡意賅：「為了耍帥。」

郭良：「……」

他的點心麵……麻辣點心麵啊！

郭良俊朗的五官頓時扭曲，悲痛地張開嘴剛想說什麼，就看見對面三個室友看向他的眼神不對勁了起來。

不對，這眼神不是看他，而是……

就在張弛撲過來拽他手臂的瞬間，郭良也猛地反應過來下意識轉頭，視野裡出現了一張巨大的臉。

那是一張通體幽藍，既像是野獸又像鳥類，甚至有幾分像人類五官的臉。

但比這張臉的組成更加可怕的，是它巨大到足足覆蓋了半個陽臺的寬度和一層樓的長度！

有一剎那，捶過不知多少隻精靈的郭良腿都麻了，深入骨髓的陰冷從頭頂向下蔓延到四肢，還是其他三人硬生生把他扯了回去。

隨著一隻手落在他頭頂，溫和的力量注入身體，郭良才猛地呼吸一口氣：「白哥，這他媽是……」

「是精靈。」

黑髮男生聲音一如既往的冷靜，連面部表情都沒什麼變化，只有仔細看才能發現他頭頂一縷格格不入的捲毛已經高高炸起，宛如被一根根壓直：「這就是它們第五輪變異的結果。」

「——人臉精靈。」

唐心訣說出這四個字時，正貼著陽臺側面護欄的巨大人臉咧開嘴，露出陰氣森森的笑容。

所謂萬變不離其中，前幾輪的精靈變異時好歹保持了基本的身體結構，這一輪就厲害了：根本沒有身體！

巨大人臉一半緊緊貼著護欄，另一半九十度折疊在牆上，導致只有一顆眼球在上面骨碌碌轉動。至於長度，更是從陽臺頂部蔓延到陽臺下方，根本看不到邊界，只能目測遠超一層樓的高度。

隨著嘴角裂開，濃稠的黑色液體從它尖牙根根分明的口器裡滴出來，像看到美餐時流下的口水。

液體滴落在護欄上，金屬護欄發出滋啦燒灼聲，頃刻就被腐蝕出一小塊裂口。

人臉上的眼球頓時向下滾動，充滿惡意地盯著這一塊缺口，臉上的笑容更加明顯，整張臉緩緩滑動。

唐心訣立時反應過來：「堵住那一塊，不能讓護欄裂開！」

人臉精靈雖然平面上巨大無比，但厚度卻是扁平的。它沒有第一時間對考生發起攻擊，十有八九是受陽臺的保護規則限制。

而一旦護欄被破壞，人臉精靈完全可以側著鑽入陽臺！

話音未落，唐心訣已經率先拍出一道冰凍符，馬桶吸盤向裂口吐出一股水流，搶在人臉之前覆蓋在護欄上，頓時凍成一條冰柱。

冰柱的硬度與金屬護欄遠不能相比，卻在填補好的那刻將人臉牢牢擋在了外面，藍色人臉的神情立刻變得憤怒起來，眼珠裡滾出紅色血水，暴凸得幾乎要掉出來。

與此同時，驚叫與怒喝聲也從外面不同方向傳了上來，郭果下意識要往外看，卻被鄭晚晴一把拉住。

「別看。」鄭晚晴臉色有些發青，咬牙道：「……做好心理準備再看。」

做好心理準備？郭果一個激靈，不敢再挑戰自己的San值，連忙強迫自己轉過頭不看外面。

「嘻嘻嘻……」

若有似無的尖笑從背後傳來，郭果寧死不回頭，用力握著胸前燙到燒手的吊墜，嘴裡默念淨化咒語。

如果她此時轉過頭，能看見一張兩公尺高的藍色人臉滑溜溜貼著陽臺爬了下去，紅色的眼球還試圖黏到護欄上，可惜被彈了出去，便嘻嘻笑著滑向樓下。

而同樣跟在它後面的，是無數張密密麻麻大小不一的藍色人臉，像攤開的長蟲一樣蠕動著，連成一群群一片片，直至將兩棟宿舍裸露在外的部分全部覆蓋，才停止湧動。

「它們這是在幹什麼？」

此刻躲在寢室裡的考生們從未如此慶幸過自己的選擇，薄薄的窗戶給了他們前所未有的安全感。

但即便如此，在探頭看外面時，他們還是被這幅景象嚇得San值狂掉。

「你們，看過蟲群攻擊的影片嗎？」寢室裡的另一個考生咽了口唾沫，聲音發飄：「一個蟲子是咬不死人的，但如果是蟲潮，幾千幾萬隻蟲子一起上來……就能把人全都啃光！」

就在這時，一張人臉滑下來，嚇得他們連忙噤聲。卻發現人臉並沒有看向窗戶內的考生，而是專心致志黏在欄杆上。被藍色的「皮膚」貼住的地方，欄杆在一點點變少。

考生長大了嘴。

真的像他說的一樣，這些人臉在……啃食宿舍大樓？

三〇七寢室外，長髮女生控制著盾牌虛影，這些虛影懷繞在人臉精靈四周，卻沒有像她以往風格那樣，二話不說直接上去攻擊。

不知為何，直覺告訴她，如果先攻擊了，一定會有不好的事情發生。

在她身後，這座共用陽臺的另一部分，越穹臉色冷冽地操縱著幾條黑霧，對付另一張藍色巨臉。

他本來沒打算主動攻擊，可隨著時間過去，不知在人臉上看到什麼，他忽然臉色一變，黑霧失控地劃過人臉，黑紅血液頓時從皮膚裡噴薄而出，劈頭蓋臉澆了下來！

盾牌女生聽到身後傳來的異響，剛要回頭，卻在目光掃到某一處的瞬間定格，動作隨之頓住。

就在剛剛的某一瞬，她好像在面前的畸形巨臉上，看到了馬小博的面孔。短暫愣怔後，盾牌女生很快穩住心神，彷彿什麼也沒看到般迅速轉身，強行擺脫剛剛險些席捲全身的僵硬和冰冷感。

那絕對不是她自己的感受。無論看到什麼事物，就算再震驚也不會允許自己放棄行動能力。

那就只有一個可能……

女生心中隱隱約約有了猜測，但她一貫跟著直覺走，沒有繼續想下去。

剛轉過身她就發現，陽臺上的人臉怪不只一個。

除了從她這側爬上來的，越穹那邊竟還有一隻人臉怪，而且從體型來看比她這邊的更巨大，五官也更加詭異醜陋。

越穹此刻的處境看起來比盾牌女生糟糕得多。就在剛剛，他也和盾牌女生一樣，在巨型人臉上看到了熟悉的面孔。只不過這些閃現的面孔有男有女，是許多名不同的年輕學生——

唯一相同的是，他們都在不久之前，相繼死在他手裡。

這裡面有死前瘋狂詛咒他的大個子、被他隨手收割的考生，還有死在這座陽臺上的自己的室友。

無論是哪張面孔，他們此刻都在無聲地大笑，嘴角詭異地扯到耳根，似是喜悅又像是嘲諷，一雙雙眼睛直勾勾盯著越穹。

或許是剛剛心態被搞得有些破防，越穹有一剎的心神失守。等他反應過來時已經來不及收回攻擊，黑霧蛇嘶叫著穿透了人臉，深藍色的扁薄面皮頓時被撕開一條裂口，黑紅血液汩汩流出。

受到攻擊流血後，熟悉的面孔立刻消失不見，只剩下最初那張畸形的巨大五官。然而人臉上的笑容反而咧得更深——

下一瞬，原本牢牢矗立在陽臺邊緣的護欄忽然裂開一條縫隙，大小與人臉上的傷口一模一樣！

「不要攻擊它。」

唐心訣攔下鄭晚晴的拳頭，腦海中浮現剛才精神力觀察到的景象。

「我們對它的攻擊，都會轉化為對陽臺護欄的真實傷害，當我們擊穿它，它就可以進入陽臺攻擊我們。」

鄭晚晴一個激靈回過神來：「好險，我本來沒想打它的，但剛剛看到它半人不鬼的樣子莫名其妙就覺得很不順眼想動手？多虧妳們攔住我！」

唐心訣：「那是它在引誘妳。」

她看著這個目前尚僅僅在護欄外蠕動的巨大人臉，雖然幾人與之相隔超過一公尺，卻仍舊有種貼臉的噁心不適感。

她頓了頓，「其實某種程度上，它們已經對我們展開攻擊了。」

只不過這一次，影響集中在考生的精神上。

精神攻擊？

張遊立刻轉頭看向唐心訣：「那豈不是……」

「是啊。」唐心訣微微笑了下，「這不就巧了嗎。」

這可真是大水沖了龍王廟，與當初高瑩試圖精神控制她頗有異曲同工之處。

那就是毫無用處。

早在人臉精靈出現的第一刻，她就直接遮蔽了對方發出的九成精神波動，否則現在受影響的絕不只鄭晚晴一人了。

因此現在只有她能看到人臉上變換不停的影子，那影子一下子變成獰笑的高瑩，一下子變成拿著唐刀的近戰告密者，一下子又變成了前幾輪的精靈模樣。

這些影像絲毫影響不了唐心訣，但對沒有精神力防禦的考生來說，衝擊力卻無比巨大。

縱觀場上，兩棟宿舍裡大部分陽臺都空空蕩蕩門窗緊鎖，只有十幾間仍在奮鬥的寢室，幾乎全部控制不住攻擊了人臉精靈，然後不得不面對陽臺圍欄失去保護力的後果。

「是你嗎，你是來找我報仇的嗎？不，別過來，明明是當時雨太大你自己掉下去，和我沒關係啊……」

低樓層一座陽臺上，男生一臉絕望地看著已經鑽入陽臺的人臉，明明窗就在身後咫尺，他卻像著了魔一樣不退回去，反而崩潰地怒吼著，把所有攻擊和道具全部傾瀉在巨大人臉上，似乎想先將人臉弄死。

可令人更絕望的是，這些傷害落在精靈身上轉瞬就盡數痊癒，暗藍的血肉和皮膚無窮無盡地生長，不緊不慢蠕動著將男生逼到陽臺盡頭，直到後者失魂落魄地垂下手臂，竟進入了自暴自棄的狀態。

「清醒一點！」

隨著驟然響起的清朗喝聲，男生失去焦距的眼睛清明了一瞬，然後下一刻，他的耳朵被呼嘯而來的恐怖尖嚎聲貫穿——耳朵險些震聾的同時，他也澈底清醒了。

這股彷彿無數鬼怪同時哭嚎尖叫的穿雲魔音又攜了一股使人耳清目明的精神力，硬生生把音波的折磨雙重加倍，讓人想暈過去都做不到，好不容易等到聲音消弭時，那原本被幻覺激發的瘋狂狀態隨著滿身大汗一起排得乾乾淨淨，半點不剩。

毫無世俗欲望。

三〇三陽臺上，郭良「哇」一聲，扶著欄杆痛苦不堪乾嘔起來。分不清到底是魔音還是人臉的後遺症，乾嘔了整整半分鐘才脫力抬頭，眼淚汪汪看著一臉平靜的治療系室友：「白哥，你怎麼只幫自己遮蔽了呢，我們的室友情呢？」

男生不急不慢放出一個群體回血，糾正道：「從醫學角度，人家剛剛幫你做的叫做以毒攻毒。」

遠處，唐心訣收起馬桶吸盤。精神力加強過的馬桶吸盤技能果然效果大漲，不過此刻沒有仔細觀察的時間。尖嚎剛停，她就反手控制橡膠頭吐出水來填補護欄空缺。

精神催眠被打破，又遲遲找不到鑽進陽臺的缺口，六〇六外的巨大人臉失去了笑容，變得憤怒又怨毒，五官也扭曲得幾乎看不出人樣，瘋狂往外噴血腐蝕護欄。

「找到了！」

張遊從儲物袋裡翻出一樣東西，如釋重負地鬆開眉心，將手中塑膠瓶擰開，搖晃裡面的透明膠體。

『家具修復液：寢室住久了難免變得破破爛爛，買不起新家具怎麼辦？修復液一鍵解決你的煩惱！雖然似乎是沒有售後的三無品牌，但勝在非常便宜。』

這也是她們從無數次商城抽獎中得到的奇奇怪怪小物件之一，只有這次裝潢寢室才從壓箱底翻出來用了一下，沒想到現在卻派上了用場。

修復液傾倒在受損的護欄上，立刻凝固成一塊塊填充物。張遊原本還不確定它有沒有效，但從變異人臉更扭曲的表情來看，顯然效果顯著。

和其他寢室的手忙腳亂對比，六〇六這邊緩解了護欄損毀的危險後，節奏頓時放慢下來。看向怪物的目光甚至多了幾分嘲諷。

而張遊在變異人臉惡狠狠的瞪視下，又翻出三瓶修復液。

張遊：「夠嗎？不夠還有。」

變異人臉：「……」

六〇六這邊穩住後，其他被攻破又清醒過來的寢室也認清了局勢，主動退回寢室內，放棄了捕捉精靈的行動。

「唉，我算是看明白了，這所謂的精靈捕捉獎勵，就像資本家承諾的福利，銷售處宣傳的優惠，教育部要求的減輕負擔，可遠觀不可實現——全是扯淡！」

郭良一邊憤憤不平地總結，一邊往欄杆上纏衣服。好在有白哥坐鎮，他們寢室陽臺沒被攻破。觀察了六〇六的解決方法後，他們也依樣畫葫蘆開始修修補補，沒有修復液就拿舊衣服往上纏，竟然也有用。

「這應該是遊戲留給我們的生路之一。」張弛冷靜分析：「如果有人在最開始就想到這一層，提前將護欄和牆壁全糊上防護物，在遊戲規則判定中，我們的寢室就刀槍不入了。」

郭良更悲憤了：「要預判到這種程度才能活下去，那遊戲拉我們進來幹嘛，湊數嗎？直接篩選全球智商一百八以上的人進來不行嗎！」

「而且現在不能打不能殺，那還怎麼繼續抓精靈啊，這垃圾遊戲乾脆直接宣布所有人失敗得了。」

情緒一上頭，郭良手上不小心用力過度，千瘡百孔的護欄邊緣嘎嘣一下，反而被絞斷了。

變異人臉眼疾手快順著縫隙就鑽了進來，因為速度太快一不小心把眼球擠了出來，正好滴溜溜掉在郭良手裡。

「嘻嘻。」變異人臉貼著郭良的身體，咧開笑容。

郭良：「……」

「靠啊啊啊啊啊啊！」

在三〇三響徹空氣的尖叫聲中，盾牌女生也收起盾牌，決定暫時退回寢室內。

她自己半邊陽臺雖然守住了，但另外半邊卻被越穹引狼入室，人臉一進陽臺就貼地鋪開，彷彿要將整座陽臺都裹在裡面才甘休。

之所以還守在陽臺，除了完成精靈捕捉，也是為了看著越穹不故意賣掉室友。但很快她也發現，這變異人臉雖然肉眼可見惡意深重，卻不會對考生出手攻擊，而是一心一意侵蝕陽臺，就算越穹主觀想賣都做不到。

可是侵蝕陽臺有什麼用呢……距離捕捉結束只有最後幾分鐘了，這些變異精靈究竟想幹什麼？

盾牌女生想不通，也懶得動腦去想，將自己對變異人臉的觀察透過精神連接傳給了唐心訣，就打算關上玻璃窗退回寢室。

『別急著回去。』

腦海中的女聲卻阻止了她。

哪怕時間所剩無幾，唐心訣的聲音一如既往有條不紊，讓人很難將她與種種心狠手辣的騷操作，尤其是那根尖叫馬桶吸盤聯繫起來。

唐心訣說：『這一輪的捕捉，和我們陽臺上的人臉精靈沒關係。』

『我知道這麼說可能有點難理解，』連接另一邊，唐心訣操控冰錐射向遠處，『我們每個陽臺上的這東西是針對我們來的，它無法被消滅，我們殺過的精靈和考生越多，它就越大越難纏。但本質上，它只是迷惑我們用的，無論它是什麼目的，其實都和我們的任務無關。』

冰錐帶著東西回到陽臺，六〇六的斗篷成功沉了一塊。

她勾起嘴角，「看到外面牆壁上那些密密麻麻的較小人臉了嗎？那才是我們這一輪要捕捉的東西。」

盾牌女生循著聲音抬眼望去，無數水蛭般吸附牆壁的密集人臉在視野中翻滾，而大多數人只顧著掉 San 和對付眼前的威脅，顧不上再搞什麼捕捉了。

等到唐心訣之後一句擴音出來，已經偃旗息鼓的寢室窗上頓時冒出無數考生的臉，場面詭異度竟不輸變異精靈。

眾人懷疑的時候，還在外面堅持的三〇三已經效仿著用道具抓了一個小人臉進來，果然輕鬆轉化成精靈蛋。

考生：「……你媽的。」

他們自信滿滿時，比賽對他們重拳出擊。等他們識時務放棄，才發現這居然變成了送分題？

這還有天理嗎？

第十章　精靈之家

然而到了這種時候，就算眾人終於認清比賽的套路，也沒有勇氣再站出來了。

捕捉宿舍外牆上的小型變異人臉，看起來好像很容易，但仔細一想就會發現，一旦落實到行動上，其實仍舊有著不小的門檻——它需要考生要麼有相關異能、要麼有相關道具。

比如一間行動範圍僅限陽臺內部的近戰寢室，就沒辦法攻擊遠距離的人臉怪。到最後，收益興許還沒有被這些變異精靈嚇掉的San值多。努力努力白努力，不如趁早當鹹魚。

精靈捕捉環節的最後幾分鐘，飽經折磨的眾多考生進入躺平狀態，默默看著幾個神仙寢室秀操作。

開場就大殺四方的盾牌女生將「以暴制暴」這個原則貫穿到極致，盾牌虛影衝進變異人臉堆裡就是一陣亂殺，不管能不能把精靈插回來，先弄死再說。

越穹出招一如既往的陰冷狠絕，這也是考生們第一次正面看見他的出手過程：蛇形黑霧如鬼魅般從掌心鑽出，嘶嘶吐信收割獵物，最後像真正的毒蛇一樣絞住爬回，人臉面皮們已經被吸乾所有血液和水分，一碰到地面就化得粉碎，連斗篷都識別不出來。

牧師黑髮男生那邊更加離譜，一片片眾人看不懂的標記輕飄飄落在郭良等人身上隱沒消失，然後幾人開始乾脆俐落的自殘……自殘？

只見幾人身上每多出一道傷口，人臉堆裡就白光一閃血漿飛濺，等失去行動力的變異精靈被勾回來，幾人身上的傷口也神祕消失了。

這算什麼，反甲升級了假車禍版本？

相比之下，六〇六寢室的捕捉方式竟然最為樸實無華。簡簡單單扔道具把人臉抓過來，再被馬桶吸盤一棒打暈，如果不夠鄭晚晴就再補一拳頭，郭果抱著斗篷緊隨其後收割分數，在極短時間內形成了一整套分工明確的生產線，硬生生在最後幾分鐘裡讓斗篷充氣般鼓了起來，越脹越大——

「咦，你們還記不記得，外面剛剛，有那麼大的風嗎？」

一名考生倏地開口，眼睛直勾勾盯著窗外，閃過一絲疑惑。

就在剛剛，一股看不見的氣流橫著吹了過去，覆滿大樓外牆的藍色人臉出現一道海浪。彷彿勁風吹過一張堆滿皺紋的老朽面皮，風已經吹過去了，殘餘的波紋還一圈圈蕩開，旋即又被更強的氣流推走。

風越來越大了。

「心訣……」

六〇六也注意到這點，張遊欲言又止，因為唐心訣搖了搖頭。

距離捕捉時限結束還剩一分三十秒，還需要兩隻精靈。

下一環節，等待她們的會是什麼？唐心訣也不知道，她們不能改變已經設置好的陷阱和挖好的坑，只能竭盡全力把握當下的目標。

倒數一分鐘。

外面的風越來越大了。

躲在寢室內的感受還不明顯，但站在陽臺上，彷彿連皮膚都要被空氣中鼓蕩的氣流吹破。呼嘯穿過的風愈加鋒利，郭果捕捉精靈球的時候一個不察，肩膀被劃了個淺淺的傷口。

郭果第一個反應不是感覺疼，而是害怕血腥味會吸引人臉攻擊。

但貼著陽臺最大那張變異人臉卻沒有反應，它仍舊堅持不懈地侵蝕護欄，像植入了唯一一個命令的工具，永不疲倦地重複著同一動作，僵硬停滯的表情令這張臉更加詭異。

張遊不知道這張變異巨臉侵入陽臺的目的是什麼，但她知道，一旦讓對方得逞，一定不會是好事。

陽臺的完整度在她手中，半寸都不能有失。

最後三十秒。

小型人臉有基本的趨利避害能力，在同一個方向屢次捕捉之後，人臉群開始往四周挪移散開，露出原位置被啃得坑坑窪窪的牆壁。

但比起牆壁，受損最嚴重的其實是各個寢室的陽臺。但凡被巨大人臉入侵的陽臺，護欄已經腐蝕得完全不見蹤影，陽臺地面也變得殘缺不全，一部分人臉甚至蔓延到落地窗上，緩緩啃食著玻璃。

不……陽臺窗不能壞，不能讓它進來！

考生們的心提到了嗓子眼，屏住呼吸祈禱捕捉環節快點結束，變異精靈們快點消失。

「還剩兩隻。」

越穹面無表情直起身體，揪起鼻梁上一部分口罩，又啪地彈回去。

「算了。」

時間已經來不及了。

「最後一隻！」

郭良急得額頭直冒汗，咬著牙盯著最後一隻目標人臉。

「——夠了。」

六〇六陽臺上，唐心訣猛地攥緊斗篷，因劇烈動作崩開的傷口瞬間洇出鮮血，順著臂彎流到斗篷上。

最後一隻變異精靈，抓到了！

十三隻的捕捉要求已經達到，六〇六四人脫了力氣，極度緊繃和勞累過後的疲憊感湧上來，要不是比賽還沒結束，她們恨不得立刻倒在床上好好睡一覺。

但是不行。

現在還不能休息……

唐心訣將斗篷紮緊，拆下肩膀上的繃帶，新繃帶剛覆上傷口，清脆的比賽提示聲隨之響起：

『叮！精靈捕捉活動已結束！』

『恭喜你們，在這個掉落小精靈的幸運日子，成功捕捉到十三隻可愛的小精靈，獲得了來自精靈之家的幸運禮物！』

伴隨著機械提示聲的出現，陽臺外所有蠕動的人臉同時消失，從空氣中蒸發得一乾二淨。只有陽臺上沒有修復的累累傷痕，提醒著人們那些變異人臉曾經存在過的痕跡。

機械聲頓了一頓，又繼續發聲：

『美好的時間總是要說再見，快樂的寢室友誼聯賽也是如此。一眨眼就到了依依不捨的分別時間，恭喜你們，通過重重任務環節成功生存到最後。經比賽統計，本次友誼聯賽的獲勝陣營為——好學生！』

空氣寂靜了半秒，嗡地爆開一陣低聲歡呼，洋溢著克制的喜悅。

——既是為好不容易到來的勝利，也是為比賽終於能結束了。

「同學，比賽快結束了，我還不知道妳的名字呢。作為輸家，提出這一點微不足道的請求，不過分吧。」

望著沉浸在喜悅中的宿舍，越穹忽然開口，叫住了打算回寢室的盾牌女生。

盾牌女生皺眉看著他，眼底滿是不信任。

「別這麼大敵意嘛。」越穹聳聳肩，口罩後方勾起一個淺淺的笑，「陣營只是比賽裡隨機分配的結果，比賽既然要結束了，大家也不再是仇人了，說不定以後還會組隊變成隊友。多一個朋友，總比多一個敵人好，對吧？」

盾牌女生定定看他一秒：「如果要和你這種人做隊友，那我寧願沒有隊友。」

說罷她轉身就要進屋，腳步卻突然頓住，眉心蹙起。

越穹笑道：「怎麼？回心轉意了？」

女生緩緩轉過身來：「有人讓我問你，告密者陣營失敗了，你看起來卻並不沮喪，為什麼？」

這次男生眼底是真的漫開笑意：「如果真的想問我，直接對話就好，何必勞其他人轉達呢？」

「不過我覺得，以妳的能力就算我不說，妳也能猜到原因吧？」越穹抬起頭，看向頭頂虛空某處，聲音含笑：「先不提這些——妳們把我寢室從裡到外都扒光了，我卻還不知道妳們的名姓身分，這難道不是很不公平嗎？」

另一邊，唐心訣根本沒理他。只簡單提醒盾牌女生：『別說出自己的名字，他手裡應該還有另一個技能，可以藉由他人的姓名等資訊進行詛咒。』

越穹：「……」

他臉上笑意微僵：「我在妳眼裡就是這麼小肚雞腸的人？」

唐心訣：「人類的區間很難對你的肚量進行衡量。」

話音剛落，精神連結裡就傳出一聲輕笑，竟然是盾牌女生忍不住噗嗤一聲笑了出來。

未等越穹反應過來，她斂了轉瞬即逝的笑意。盾牌女生高冷拎起斗篷，打開門之前忽地開口說了句話。

唐心訣聽出，那是只放在精神連結裡說給自己聽的。

她說：『我叫厲今涵。』

盾牌女生似乎還想說更多，可身後突然猛烈起來的呼嘯風聲令她瞬間進入備戰狀態，警戒地轉身看去，卻只看到越穹倚著欄杆神情不明的身影。

「最後一關來了。」唐心訣的聲音比厲今涵動腦的速度還快：「所有同學全部回到寢室內，如非必要，千萬不要出來。」

風像是拔地而起的，在兩棟大樓之間橫衝直撞，颳得窗戶嘭嘭作響，然後直衝上灰濛濛的天際，又重重墜落下來。

臨近地面，一樓考生面如白紙：在他們格外清楚的視野裡，瀰漫著血色霧氣的地面，不知何時冒出一個旋轉攪動的巨大漩渦。

漩渦中央處，一隻眼睛倏地睜開！

『警告，警告——』

『怎麼會這樣？精靈之家察覺了你們的捕捉活動，一定是有人背叛了大學城的學生們，悄悄向精靈之家告密了！』

機械提示聲依舊沒有起伏，說出來的話卻沉甸甸十分刺耳：

『精靈之家最討厭大學城的學生，如果被它們抓到你們，一定會帶來可怕的懲罰……請所有考生躲在寢室內，在寢室庇護下躲過精靈之家的怒火。注意，絕對不要被發現！』

「桀桀桀……」

赤紅眼珠從地面睜開的同時，絲絲縷縷形成實體的黑氣鑽入空氣，將陽臺外的視野攪得渾濁不堪，難以視物。

「終於被我抓到了，偷精靈的學生、可惡的竊賊、無恥的強盜、美味的食物、狂妄的人類……」

眼珠的聲音彷彿指甲在耳邊劃玻璃，它轉動的速度越來越快，聲音也越來越愉悅：

「作為你們的懲罰，今天將有三個寢室掉入地獄。」

「第一個受罰的寢室是誰呢？這是命運自主的選擇。」

聲音停下，空中湧動的黑氣也陡然停止。其中，黑氣最為濃郁的一扇窗戶前，窗內考生們眼睛驚恐地睜大。

「不，我在寢室裡，不能殺我……」

他們忽然反應過來向後跑去，黑氣同時凝聚成兩隻巨大的黑爪，將破破爛爛的陽臺護欄直接扯開，沿著玻璃窗破損的漏洞毫無阻滯鑽了進去。

「不！不！」

寢室裡響起撕心裂肺的慘叫聲，沒多久，慘叫聲消失，只有濃濃的血水沿窗戶縫隙流出來，匯入地面血霧裡。

直到這一刻，眾人終於明白了，上一輪巨大人臉侵蝕陽臺的目的。

陽臺與窗是遊戲給予考生的兩道屏障，也是唯一能阻擋「精靈之家」的庇護所，當這兩道屏障被破壞，考生就變成了待宰的羔羊。

雖然遊戲提示最開始提醒過精靈之家的事情，可那時眾人的關注點被接踵而來的大量關卡沖散，誰能想到眨眼之間，所有人驟然被翻轉了身分？

「第二個受罰的寢室，是所有犯錯的學生中，我最討厭的一個。」

稱呼詞突然變成「我」，赤紅眼球的聲音越發尖銳高亢，整顆眼球在血霧中騰空飛起。

眾人眼睜睜看著它越飛越高，最終停留的地點，赫然在六〇六陽臺外！

黑氣收縮，血紅眼珠轉動，最終與站在窗內的女孩，它自主選擇的懲罰對象對視。

唐心訣這時候才清晰觀察到，這顆眼珠的側面並非紅色，而是一條條黑色斑紋組成。

血紅眼球上此刻的斑紋，更像是一張張扯開的笑臉，嘶聲嬉笑：「現在，我要將她碎屍萬段，平息精靈之家的怒火。」

黑氣湧上的下一瞬，唐心訣眼前一黑。

在血紅眼球出現時，唐心訣就不假思索撤回了所有散布在外的精神力，不留下半分與對方直接接觸的空間。

如何判斷「精靈之家」最討厭的考生是誰？唐心訣第一時間能想到的，就是捕捉精靈的數量。

……而如果她沒猜錯，六〇六的精靈捕捉數，應該是所有寢室中最多的。

果不其然。

黑氣撲上來的速度快到根本來不及反應，玻璃窗浸染成一片深不見底的濃黑。視野消失的同時，刺入骨髓的陰冷撲面而來，宛如墜進了一片極寒水底。

血紅眼球從鎖定她們到攻擊只在頃刻之間，危險的感知來勢洶洶，宣告著怪物的強大和無法違逆。

無法反抗又避無可避，這是個死局？

思緒如閃電般轉動，唐心訣不動聲色，在黑暗中握住馬桶吸盤。

不……現在還不是時候。

還沒到最糟糕的時候。

如果她沒算錯的話。

死一般的黑暗寂靜中，唐心訣慢慢找回了五感知覺，視野重新映出玻璃窗的輪廓，輪廓外是層層疊疊湧動的黑氣，還有黑氣之中漂浮不定，卻一動不動的血紅眼球。

好半天，一旁的郭果才找回自己聲音，遲疑開口：「它怎麼……不進來？」

黑氣湧上來的瞬間，她已經把拚死一搏和下輩子投胎流程全想好了，萬萬沒想到她視力都恢復了，四周還是靜悄悄的。

她清楚記得，上一個被選中的寢室，從黑氣鎖定到團滅連三秒都不到，但此時此地向外看去，陽臺窗卻完好又堅固地擋在面前，沒有半點破裂的意思。

「……」郭果後知後覺想起了其中關竅：「我們陽臺是完整的！」

上一關卡中，不攻擊考生的巨大人臉一心一意侵蝕她們的陽臺護欄，但很不巧的是，它在六〇六這裡遇到了拿著儲物袋的張遊。

它啃掉一塊，張遊就用修復液和各種零碎工具修復兩塊，結果直到她們捉滿十三隻精靈，甚至捕捉活動澈底結束，人臉也沒能把護欄弄壞。

所以比起其他寢室破爛的慘狀，她們現在面對血紅眼球的攻擊，更多出一層，乃至兩層屏障！

「遊戲提示，請所有考生躲在寢室房屋內，在寢室庇護下躲過精靈之家的怒火。」唐心訣忽地開口：「我們現在，正處在絕對的庇護狀態裡。」

被欄杆牢牢攔在外面的血紅眼球：「……」

笑死，根本進不去。

從陽臺外視角看去，眾人心驚肉跳的恐怖景象沒有重複上演，而是詭異地停在原地，就像眼球卡住了某種 Bug 一樣。

但即便如此，眼球也沒有離開。它陰沉沉注視著六〇六的窗，彷彿在思考什麼。

唐心訣握著馬桶吸盤的手也沒有鬆開。從她的神情上，張遊三人看出事情恐怕還沒結束。

按照正常情況，遊戲出現死亡陷阱，考生提前找到生路成功規避，就能安全活下來。

鬼怪被遊戲規則阻擋，也不會繼續糾纏。

但現在……

危險感仍未散去，甚至有愈發濃烈的趨勢。

唐心訣能感覺到，外面的氣息發生了微妙的變化。

準確來說，是從對整個六〇六寢室的惡意，微妙地凝聚成針對一個人的惡意。

——她。

電光火石的剎那，唐心訣找到了那股縈繞不散違和感的來源：血紅眼球所說「最討厭的學生」那句話，用詞是「學生」，而不是「寢室」。

如果這句話指向的，真的是某個學生呢？

所謂討厭，可以是因為一個學生捕捉精靈的數量最多，也同樣可以是因為……這個學生本身。

「那麼，你是為什麼？」

唐心訣指心按住馬桶吸盤桿頭，輕聲得像在自言自語。

「不合理的懲罰，不合理的挑戰，不合理的怪物。」

如果她們在變異人臉侵蝕時，像所有考生那樣沒守住陽臺，那麼此刻就會像上一個寢室那樣，被這種遠遠超出考生反抗能力的，近乎抹殺機制一樣的黑暗力量殺死。

可是憑什麼？

這個懲罰，可以落在任何一個被比賽淘汰的考生身上，但唯獨不應該是她，不應該是六〇六，不應該是整場比賽殘酷的層層篩選下的最終獲勝者。

這個生存遊戲又坑又變態，但它在種種副本中體現出來的，都絕不是「篩選出最厲害的學生再殺死」這種純粹又簡單的反人類邏輯。

——當排除掉所有選項，剩下的那個無論再離譜，都是可能性最高的真相。

唐心訣猛地抬眼。

現在在這裡，有問題的不是她，而是血紅眼球。

它的懲罰邏輯，根本不應該出現！

就在同一瞬，血紅眼球也動了。

濃郁黑氣中，眼球沒有後退，反而又進一步向內擠了過來——

眼球表面的紅色組織貼到欄杆上，滋地化作濃稠血水，順著欄杆被侵蝕的地方向下流，它擠得越深，眼球組織化膿缺失的地方就越大。

郭果目瞪口呆：「它在幹嘛？」

唐心訣面色冷峻：「它在被規則懲罰。」

從第一次黑氣被擋在陽臺外，她們就已經贏了。血紅眼球不應該還繼續待在這裡，更不應該試圖用眼球本體打破陽臺屏障，強行闖進來攻擊她們。

可即便被規則懲罰，眼球也沒有放棄的意思，護欄以肉眼可見的速度飛快斷裂崩塌，足以貼滿一扇窗戶的腐爛眼球「砰」一聲撞到玻璃上，黃色的瞳孔盯著屋內的唐心訣。

它的目的已經無比明顯。

比起走流程懲罰考生，它更想殺掉唐心訣！

六〇六對這種大小的眼球已經並不陌生——早在公路旅行副本那裡，半夜突然走訪的輔導員就是差不多大小的一顆紅眼珠子。只不過如果輔導員的「眼球」帶來的是威嚴與壓迫感，那麼此刻這只紅色眼球更多的是危險與噁心。

對於唐心訣而言，她對這種存在的認知比所有人更早——不是在無窮無盡的噩夢裡，而是在遊戲剛剛降臨的那一天，她在玻璃窗外，看到了一顆此生難忘的巨型黃色眼球。

如果她沒記錯也沒看錯，那天一閃而逝的黃眼球，與現在殺意明確的紅眼球，二者的陰冷與黏膩，竟有著極高的相似性。

還有那無緣無故，針對她的濃稠惡意。

「原來這就是你的目的。」

唐心訣指尖在手機螢幕上滑過，永不變化的電量讓螢幕散發出微光，打破了血紅眼球帶來的黑暗。

窗上已經出現裂痕，規則庇護在怪物Boss不計一切的發狂攻擊下搖搖欲墜。反應過來的張遊猛地握住她手臂，唐心訣笑了笑，甚至有些不合時宜地想到：如果時間允許，她或許可以再騷擾一次客服，現場直播違規檢舉，說不定還能點亮新的成就點。

可惜來不及了。

玻璃在最後一聲巨響中轟然碎裂，無邊惡意傾瀉湧來，將她澈底淹沒。

冰冷、窒息、撕裂……

就像再次墜入噩夢一樣。

據說，當意識潛入識海底層，感受的時間流速就會慢到幾乎停止。

唐心訣回到這片盈滿薄霧的水瓶狀漆黑山洞時，又感受到了熟悉的阻滯力。

不過她現在的精神強度，比起第一次沉入識海時，已經不可同日而語。

這次，她很輕鬆就揮散霧氣走到盡頭，看見了漂浮在空中的四件並不陌生的標記物。

玻璃瓶、銀色戒指、黃色眼珠、膠帶。

這四樣具現化的標記，既沒有變大也沒有縮小，但在外層卻像隱隱覆蓋了一層薄紗，仔細看時無論如何也看不清，如果不是刻意去感受，甚至連她本人都會忽視這幾樣東西的存在。

掠過黃色眼珠時，唐心訣的視線停了一瞬。

「說實話，這一天來得比我想像中晚一點。」

身邊沒有在乎的人，她臉上也沒有任何表情，只是靜靜看著這一幕，然後抬起手，覆蓋上自己額頭中心。

在這處皮膚上，有一塊只在識海中才會顯露的印記，或者說是封印。

留下這道封印的存在聲稱是遊戲中的輔導員，交予她能控制黑暗氣息的開關。

當開關打開，鬼怪在她識海裡留下的這幾道標記，包括她自身的黑暗部分都會被一同遮蔽。當開關關閉，一切遮蔽也會失效。

從那時候開始，她開著這東西太久，甚至有些習以為常，彷彿什麼都不存在。

……可事實證明，就算她不去尋山，山也會從地下伸出利爪，試圖將她拖拽下去。

指尖點下，四件標記物外籠罩的屏障立時消失，瞬間爆發出百倍以上的存在感。

不，這樣的存在感還不夠。

唐心訣又揉了揉眉心，然後再次狠狠向下一按！

這次，連同她所有的精神力，都在放逐和壓制中歸於沉寂。

血紅眼球又一次突然停住動作。

它本來應該直接將這個人類吞噬下去，用氣息把她的身體融成血水，甚至不需要一秒鐘……眼球血管暴突，一動不動盯著雙眼閉合的人類少女。

可它現在不能動。

更確切地說，是被無法違逆的等級死死壓制在原地，不得寸進。

如果此刻外面考生能看見六〇六寢室內的情況，他們就會發現，反應巨大的不僅僅是血紅眼球，還有唐心訣的三個室友。

她們幾乎是下意識向後撤退，因為就在剛剛那一剎，她們最熟悉且信任的人身上，爆發出了一股強烈的陌生感——然後少女睜開雙眼，混濁昏黃的瞳孔緩緩轉動，冰冷漠然。

「心訣……」

鄭晚晴怔愣睜大眼，伸右手想去拉唐心訣，卻被張遊飛快截住手腕，手勁攥得她發痛：「她不是！」

張遊聲音不大，在黑暗狹窄的空間裡卻顯得尤為清晰。

「她不是唐心訣。」

她目光死死釘在前方的少女身上——唐心訣的身體毫髮無損，唯一的變化似乎只有突然變為銅黃的瞳孔。

可不只如此……還有氣質。

陰冷、陌生，像被抽走了全部活氣，這種感覺絕對不可能出現在唐心訣身上。

郭果艱澀咽了下口水：「不，不是心訣……」

那會是誰？

張遊沒回答。在暗處口袋中，她手指捲起，握緊了一張淺金色卡片。

『比賽復活卡：持有寢室可在比賽中增加一次復活機會，需持有者在死亡前手動觸發。』

這是她們在上一個副本後得到的道具，本來一直存放在唐心訣手中，被突然出現的血紅眼珠鎖定之後，張遊已經做好了等待死亡以及復活的準備。

可就在方才黑氣湧入寢室的一刻，唐心訣卻微不可察地碰了她一下，這張卡片就從唐心訣指尖塞入了她的掌心。

她還沒來得及反應，黑氣就傾數籠罩而來——但轉眼又毫無預兆地向後散去，忌憚般圍繞在唐心訣四周。

直到此時，張遊才從驚悸中分出心神，對情況有了大致判斷。

唐心訣在千鈞一髮時把復活卡轉移，原因只可能有兩個：

要麼，她不需要這張卡。

要麼，她沒法保證自己能使用這張卡。

復活卡的觸發，必須由持有者在尚未死亡且意識清醒時提前開啟。

張遊不知道唐心訣身上到底發生了什麼，但邏輯自動串聯的下一秒，就意識到唐心訣給出的暗示——她或許另有方法解決這一死局，不一定要用到復活卡，但同時也有很大風險。

而一旦失敗，她需要另一個人來啟動這張卡。

急促喘息中，張遊的目光凝固在唐心訣身上。

……那現在，她是成功，還是失敗了？

血紅眼球停滯在半空中。

哪怕僅僅是瞬息，規則的反噬也達到了一種極其恐怖的程度。

一人高的碩大眼球被腐蝕得只剩下小半，黑氣一沾到牆壁就消失殆盡，這也是為什麼幾人視線能飛快清晰起來——保護機制正在發生作用！

眼球也知道不能久待，瞳孔發出「滋滋」的可怖聲響，盯著唐心訣幾乎要凸出來。

可是它無法繼續攻擊。這裡沒有第二個生物比它更清楚少女暗黃色瞳孔裡的氣息意味著什麼。

那是等級更高，絕對壓制與命令權的存在；是它此行的目的，是此刻所發生之事的原因，是……

難道那位，親自蒞臨了嗎？

生物本能迫使它退避逃離，但另一種它很少接觸的，被人類稱之為邏輯的東西，卻令它察覺到一股揮之不去的違和感。

如果那位決定親自動手，那為什麼還要它過來？

如果此刻這名學生的身軀已經被「那位」占據，那為什麼不發號施令？

直到那雙暗黃色瞳孔冰冷地望過來，它才再次確認，女生身上已經沒有半點活人氣息，只剩下屬於「祂們」的力量，這是無可置疑的事實。

雖然仍有一絲異樣，但它仍舊乖順低頭，向後退去。

從外人視角來看，這一幕則是眼球停頓幾秒後就俯貼到地面上，血肉模糊的殘餘組織糊成一團，以這種詭異的姿勢向後緩緩拖行。

這是，停止攻擊了嗎？

張遊咬住牙關，不動聲色地挪到唐心訣正後方，在血紅眼球快要退到陽臺窗時，借著室內的微光翻開了復活卡的另一面。

然後她聽到了唐心訣留下的精神印記。

唐心訣說：叫醒我。

* * *

宿舍外，被沉默籠罩了長達數十秒的比賽場上，遲遲沒人發出聲音。

血紅眼球親自進入以後，六〇六寢室並沒像前一個被選中懲罰的寢室那樣，傳出令人毛骨悚然的慘叫。但沒有人懷疑，裡面定然是另一種形式的地獄。

被眼球這種等級的鬼怪Boss選中，無疑於被死神敲響喪鐘，和遊戲直接抹殺也沒差多少。換成他們中的任何一個寢室，都不會僥倖到覺得自己還有存活空間。

這一刻，他們也不知道是該心驚還是慶幸，慶幸自己不是成績最好的人，竟反而能活得更久？

* * *

三〇八陽臺上，越穹靜靜低頭聽著上面的動靜。

他不會蠢到用詛咒黑霧去查探情況，除非他也想被紅色眼球注意到。

告密者與精靈之家的所謂合作關係，更多僅僅是遊戲設定而已。本質上他們是學生，對方是鬼怪，野獸怎麼可能真的與獵物合作？

尤其當血紅眼球真身出現，他心中也覆上一層越來越濃的不詳預感，卻始終無法敲定這股預感從何而來。

「難道，真的死了？」

他自言自語般輕聲開口，口罩下神色不明。

「把狼招來殺人，卻不相信人會被殺死。」他等到的只有盾牌女生尖銳冰冷的聲音：「那不如你自己去狼口中試一試，就知道死不死了。」

越穹被身旁殺意激得一回神，看了磨刀霍霍的女生一眼，也收斂了思緒，不以為意的笑笑：「那看來是我高估她們了。」

只不過被坑了幾次，就下意識覺得那人實力有多厲害，也許只是他杯弓蛇影而已。

也對，比起已經板上釘釘死了的對手，如何對付即將暴走的便宜鄰居，才是最需要解決的問題。

最好第三個被懲罰的寢室名額能正好落在盾牌女生頭上，省得再麻煩他出手。越穹目光微動，只可惜現在還找不到能操縱「精靈之家」的方法……

零碎簡短的思緒剛閃過一半，非人的嘶叫聲就突然從正上方遠處響起，尖厲地劃破空氣，湧入耳中！

越穹眼皮猛地一跳，和所有考生一樣立即仰頭向上看去——

隨即，一道從未想過，甚至根本想像不出來的景象，進入了他的視野。

六〇六殘破的陽臺上，一塊皮球大小的紅色肉塊正在拚命向外蠕動，從表層組織下依稀能看到瞳仁的痕跡，還在不停融化流下血水。

外面一層稀薄的黑氣護著這塊腐肉，而它死死扒著陽臺，如同狼狽逃竄一般，彷彿寢室內有什麼洪水猛獸，再晚一點就要被吞噬得骨血無歸。

這，這是……

有辨認出的考生張開嘴，瞠目結舌。

這是那顆，血紅眼球？

「我靠這什麼，嚇我一跳。」

郭良倒吸一口冷氣，貼著三〇三的陽臺窗瞪圓了眼睛，不敢再看連忙轉頭。

震驚之下，他差點忘記手裡捧著的白色小碗，導致碗裡冒著騰騰白氣的水險些灑出來，嚇得他鼻尖頓時滲出一層冷汗：「還好還好，這要是灑了，精神力大佬就危了。」

這可是一筆大買賣，比白哥和遊戲做生意，每天苦哈哈當赤腳醫生，維護副本打零工要賺多了。

「收起來吧。」

身後忽地傳來熟悉聲音，郭良愕然回頭，見白哥已經收回了治癒技能，重新轉到護持全場的陣法上，聲音淡淡：「她們那邊已經沒事了。」

郭良：？

「是我聽錯了還是你在開玩笑？那麼大一顆眼球進了六〇六寢室，寢室門窗全爛了，怎麼可能沒事……等等，」郭良一頓，說到這裡才後知後覺：「那顆眼球……」

「剛剛扒著六〇六窗戶的東西，就是那顆血紅眼球？」

郭良又一個猛回頭看向外面，六〇六窗戶上的肉塊已經更小了，雖然仍舊在努力向外掙扎，卻彷彿被後面什麼東西吸住了一樣，始終沒法脫離寢室範圍。

這一幕看起來，不像是裡面的學生被血紅眼球追殺，反而是眼球在被學生……迫害？

第十一章　標記

可是，怎麼可能？

郭良飛快甩掉了腦海裡的念頭，告訴自己這太魔幻了。

血紅眼球出現時遮天蔽地的恐怖威壓，沒有任何一個考生能阻擋。與其說是Boss，不如說更像是一個針對考生的抹殺關卡。

只聽說有在抹殺機制面前存活的猛人，沒聽說過反過來迫害抹殺機制的人啊！能做到這點的，還能算人？

「靠，我悟了。」郭良一拍大腿恍然大悟：「這是精靈那邊做出來的幻覺，就像精神力大佬之前用煙火偽裝精靈那樣，信了我們就完蛋了！」

「……」捲毛男生無言看他一秒，手指一攬，白色瓷碗就飛到他手中。他將碗向下一潑，從白色蒸汽裡滾落了數百顆晶瑩剔透的水珠，有一半凝固成了晶體，剩下的甫一碰到地面就破碎消散，轉眼消失不見。

「還剩一八五人。」男生彎腰把冰珠子撈起來，眉宇閃過一絲愁容：「這次遊戲下手太狠了，我們基本沒機會救人，又要吃不上飯了。」

郭良還沒反應過來：「等等，那個精神力大佬，真的沒事了？」

他不敢置信地看了看瓷碗，又探頭看向玻璃窗外，沒承想這一伸頭，恰好與遠處的血紅肉球對視，對方殘餘的瞳仁死死黏在他身上，陰冷森寒瞬間洶湧而來。

郭良：「……」

靠。

精神力大佬死沒死不知道，他應該是要死了。

然而下一秒，預想中的痛苦並沒出現——就在殘餘眼球的後方，一支橘紅色的馬桶吸盤毫無預兆突然出現，硬生生把它向後吸去！

紅色眼球掙扎兩下，隨著最後一絲黑氣也消無，最終失去了抵抗能力，被巴掌大小的橡膠頭咻溜一下吞了下去，消失在六〇六的陽臺上。

郭良：？

郭良：！

剛剛他看到了什麼？

血紅眼球是被吃了、是被一根馬桶吸盤子吃了沒錯吧！

沒等他目瞪口呆地吸回這口氣，就看到馬桶吸盤的橡膠頭聳動幾下，「ber」地吐出一小團紅色息肉，沿著護欄邊緣斜著掉下去，不偏不倚正好落在了三〇八陽臺窗前。

險些被當頭砸中的越穹：「……」

他嘴角抽搐兩下，還沒來得及做出應對行動，紅色肉塊就像終於脫離危險地帶一般猛地打了個挺——

漆黑瞳仁從虯結的紅色組織中飛快向外擴散蔓延，發出怨毒又陰冷的聲音：「第三個受罰的寢室，是卑劣的告密者！」

哪怕只剩下一丁點碎肉，在規則的鉗制下，它也必須完成最後的懲罰環節。

顯而易見，這份怨恨被傾瀉到了它看到的第一個考生身上。

越穹怎麼也沒想到，第三個中招的對象竟然是自己。

當他飛快調動詛咒異能試圖防禦時已經晚了，血紅眼珠裡雖然已經擠不出黑氣，地面旋轉的黑色漩渦卻像有了生命一般，悄無聲息攀升上來，將三〇八的陽臺緩緩吞沒。

「本來不應該這樣的，哪裡出了問題……」

越穹抵著牙齒自言自語，目光移到袖手旁觀的盾牌女生身上，擠出一絲笑：「大善人，不來救救妳可憐的鄰居？」

厲今涵用彷彿看死人的目光在他身上走了一圈，諷刺地勾起嘴角，轉身回屋。

就在她轉身的剎那，一道黑霧如毒蛇吐信撲將上來，彷彿要拉她一同下水。

然而這次，詛咒黑霧沒能捕捉到獵物。血紅眼球的漩渦擠碎陽臺，裹挾著越穹高高墜落，跌入地底裂開的縫隙裡。

磚石散落的灰塵下煙消火散，一切重歸寂靜。

風收雨歇，天光乍亮。大多數人甚至還沒反應過來，變故就結束了。

來勢洶洶的精靈之家狼狽消失，最囂張可怕的告密者被一波帶走。環顧四周，活下來的居然是眾人以為必死無疑的……那名精神力大佬所在的寢室？

不少人下意識把目光向上移，投向一切轉折開始的地方，已經成為殘垣斷壁的六〇六陽臺。

陽臺窗靜謐而漆黑，看不見裡面的情景，也無從想像寢室內四人的情況。

更沒人知道，剛剛裡面到底發生了什麼。

有好信者實在按捺不住好奇心，大膽地使用了探測道具。還沒看到裡面的場景就突然兩眼一翻，捂著腦袋痛苦不堪向後倒去。

不能窺視，不能看見……

『叮！恭喜你們，成功躲避了精靈之家的懲罰！』

再度響起的遊戲提示打斷所有人的思緒，空中只剩下清脆的機械音：

『啟動比賽補償，好學生陣營將在排名結算後開啟復活通道，可用比賽補償兌換一件隨機道具或30％死亡考生復活機會。』

『現在，比賽排名結算開始！』

『本次比賽共有考生兩百八十九人，比賽期間死亡考生九十九人，額外死亡五人，最終存活考生一百八十四人。』

『你在本次比賽中的排名為：一。』

『你的獎勵為……』

模模糊糊的聲音在耳邊響起，似遠似近聽得不甚清晰。

唐心訣想睜開眼睛，眼窩裡卻全是火辣尖銳的痛感，彷彿裡面被火炙烤了三天三夜，抬起眼皮都怕灰燼流出去。

身體的感受卻與眼睛截然相反，徹骨的冰寒像被浸泡在未開化的冰水裡，又恍然錯覺好像已經被同化成了某種鬼怪物質，然後被馬桶吸盤嚼吧嚼吧吃下去，馬上就會被橡膠頭自主消化。

對，馬桶吸盤！

靈臺忽然恢復一絲清明，記憶將閃回的片段送入識海，勾勒出馬桶吸盤須臾前的最後一次攻擊。

那時，她剛從識海底層的意識流放中被喚醒，升到表層壓制住暗黃色眼球的意識，短暫拿回了身體控制權。

在同一瞬間，正要離開的血紅眼珠察覺到了這一異常，動作微微停頓——然後她便借著這一機會，提起馬桶吸盤毫不猶豫攻了上去。

握在考生唐心訣手中的馬桶吸盤，肯定無法對血紅眼球產生威脅。

但如果，此刻籠罩在馬桶吸盤上的力量四捨五入，是另一個更加強大、可怕、正好碾壓對方的存在呢？

事實證明，她沒有賭錯。

從外界看，血紅眼球從氣勢恐怖地闖入六〇六，到虛弱不堪地出來，最多不過數十秒的時間。

但只有她自己知道，這一過程有多漫長。鬼怪標記只能利用一次，血紅眼珠只要逃出去，她的所有計劃就功虧一簣，因此必須斬盡殺絕。

直到馬桶吸盤吸收掉眼球的最後一塊，寢室確認安全，已經被啟動的鬼怪標記再次躍躍欲試噴薄而出，她才對自己施了一個沉睡命令，意識裹挾著幾道標記重新落回識海底部。

記憶漸漸拼湊成形，四周的壓力桎梏也開始減弱。

所以現在……是在識海裡？

唐心訣忍住刺痛開始調動精神力，微薄的能量逐漸沖刷了痛苦，她睜開眼。

四道熟悉的鬼怪標記，就懸浮在她面前。

一個銀色戒指、一顆黃褐色眼球、一卷白色膠帶、一個透明玻璃瓶。

四件具象化的標記物看起來沒什麼變化，但唐心訣能感受到，它們已經不滿足於沉在識海底部當死物，能量波動也越來越強。

這些標記本來只靠她的意識壓制著，從未被啟動。是血紅眼球的出現，讓她聯想到了識海中的黃褐眼球印記。

如果細究起來，她第一次在現實中看到鬼怪，其實是在遊戲降臨的前一刻，突然閃現在窗外的黃色眼球。

那時，她以為這只是遊戲降臨伴隨的異象。然而在輔導員走訪之後，在識海中看到一模一樣的縮小眼球標記，立刻意識到了不對之處。

當初那顆黃眼球，更像是針對她來的。

——就像今天充滿惡意，毫不掩飾目的的血紅眼球一樣。

對黃色眼球的猜測由來已久，但主動沉沒自我意識，啟動識海內的鬼怪標記，卻是邏輯串聯的那一刻，唐心訣產生的大膽念頭。

這一操作的風險不是正常人可以承擔的，但同樣，正常人不可能被種下這麼多鬼怪標記。唐心訣有些自嘲地抬了抬手指，絲絲縷縷精神力重新形成，壓住了空中幾件浮躁不安的物品。

巧就巧在，她恰恰是一個精神力異能者。

在她的精神領域裡放東西，交點房租，不過分吧？

從「房租」的結果來看，紅黃兩顆眼球間不僅有關聯，恐怕還是等級森嚴的上下級關係。

這就奇怪了。想要她命的鬼怪有很多，但在那無數次噩夢輪迴中，她卻並不記得有遇到過類似的怪物。

還是說，有些曾經發生過的重要線索，被她忽略了？

回想起記憶殘片裡的遊戲提示音，比賽應該已經安全結束，唐心訣反而冷靜下來，也不急著出去，靜靜等待精神力恢復。

此消彼長，精神力恢復得越多，鬼怪標記就越沉寂，直到它們澈底失去活力，她才能打開輔導員饋贈的開關，將它們澈底封印起來。

識海內的時間靜靜流動，其他三樣標記物安靜下來，只有剛剛「重見天日」過的黃色眼球還有些躁動不安。

據唐心訣觀察，它裡面並沒有完整的意識，僅僅是一團被投放進來的能量。也正如此，儘管它短暫「取代」了她的主意識，但只要沒把主體召喚過來，就不會產生實質性的危害。

更何況，她們還有復活卡這張底牌。

思及至此，一些細碎聲響忽然傳入耳中，等它拼湊成完整語句，竟赫然是遊戲的機械提示音：

『比賽即將結束，本場比賽一切比賽道具將由主辦方回收……檢測到你的一次性道具復活卡即將失效，是否兌換其他許可權？』

唐心訣心念一動：「能兌換什麼許可權？」

『選擇融化一張復活卡，可增加全體死亡考生百分之三十復活機率。如果不兌換，將不產生任何影響。』

沒什麼好猶豫的，唐心訣說：「換。」

『指令已接收，開始兌換……兌換成功。當前死亡考生復活機率為百分之八十，正在進行最後判定……判定完畢，比賽入口關閉。』

『叮叮叮、咚咚咚，愉快的寢室友誼聯賽結束啦！友誼第一、比賽第二，主辦方布先生為大家點燃盛大的幸運煙花宴，祝大家在大學城學業順利、步步高升！』

隨著一段悅耳的歡慶音樂響起，一股沁涼的舒爽感注入她腦海，身體上的痛苦頓時消弭大半。彷彿喝下了一大杯提神醒腦的飲料，唐心訣有一瞬間感應到自己的身體，隱隱有甦醒的趨勢。

毫無疑問，這股對考生十分有益的能量，來自「比賽主辦方」。

所以……布先生？

這個首次出現的身分令她心頭一動：從遊戲提示來看，對方應該不是「精靈之家」那種惡性鬼怪，更像是輔導員那樣的中立NPC。

尤其是「幸運煙花宴」這個名字，似乎有些微妙地對應了她之前在比賽裡放的那簇「倒楣煙花」？

唐心訣有些莞爾，可惜她現在沒辦法從識海中蘇醒，不能親眼目睹放煙花的場景。只好等醒了之後再問問室友情況。

當然，她首先得承受住張遊的怒火——為她擅自做出這麼危險的選擇，又陷入昏迷讓她們擔心，少不了要面對一個或者多個磨刀霍霍的室友。

摸了摸有些發涼的脖子，唐心訣無奈地笑笑，在懸浮的鬼怪標記面前坐下，就著這股甘露般的能量，讓意識陷入了更深層的運行中。

鬼怪、獠牙、追殺、逃亡。

危機四伏的女生宿舍，望不見盡頭的走廊，看不到光明的黑暗。

黑霧蔓延之處，必有陰冷危險的怪物隱藏，她只能不斷躲避，奔跑，只有將這些怪物和黑暗一起遠遠甩在後面，她才能活下去。

「別跑了……妳跑不掉的……」

「看看前面，哪裡有盡頭呢？就算妳醒了，閉眼後不還是要回到這裡？」

「看看妳的樣子，平凡、弱小，當人類有什麼好的呢？不如墜入這裡，變成和我們一樣的存在。不用再承受一切規矩束縛，只有強大、力量、自由……」

「下來吧、下來吧、停下來吧！」

唐心訣猛地停住腳步，在一片咯咯笑聲中將手裡的匕首狠狠向後刺去，快準狠地割掉了怪物的舌頭。

四周笑聲一滯，開始此起彼伏地惱怒尖叫，唐心訣看都沒看一眼，把舌頭往口袋裡一揣掉頭就跑。

滿地找舌的怪物：「……」

無邊無際的黑暗裡，尖叫聲中摻雜著窸窸窣窣的交談：「她怎麼又找到武器了？妳沒有好好藏起來？」

「我藏得很好呀，她把我肚子剖開找到的，還把我縫肚子的針也搶走了。」

「她怎麼搶的？」

「她越來越快了呀，你看她的速度，連黑霧也追不上她呢。我好餓呀，下次我不要再來這裡，嗚嗚嗚離地面越來越遠了，我回不到大學城去了，都怪你們、都怪你們！」

「都怪你！廢物！都怪你，扯斷你的腸子，哎喲，別抓我的喉管，嘔嘔嘔！」

「噓，完成它們的要求，我們就可以回去了，別忘記啊……看，有新的人來了。」

唐心訣的奔跑速度微不可查慢了些許，她沒回頭，只有握著武器的手更加用力。

以前每次墜入噩夢，她是聽不懂這些鬼怪的交談的，但是這次，只有這次，她不知為何能聽懂了。

但從這些話語中捕捉到的資訊，對她來說太過陌生——什麼是大學城？完成誰的要求？新的人是指誰？

腦海裡像有一根緊繃的弦被撥動，唐心訣卻始終想不起來更多東西，眉心蹙得越來越緊。

一股強烈的預感告訴她，她需要回頭看，回頭看向黑暗裡，這樣才能找到她想知道的一切。

可是本能記憶卻掙扎著，讓她絕對不能回頭，因為黑暗絕對不可以觸碰，只要觸碰了就會被拖入其中，這是她還無法對抗的危險。

……不，現在，或許可以對抗了。

一個念頭躍出水面，她突然想起。

因為已經吞噬了一切的黑暗裡，有很重要的人，也有她自己。

她不用再永無止境地逃亡，黑暗中本就沒有光，但她有了驅散和點燃的力量。

低下頭，手裡的匕首不知何時變成了一條筆直的馬桶吸盤，唐心訣掂了掂它的重量，轉過身去。

視野中，一道刺眼的白光像撞擊地面的彗星斜掃而來，將她淹沒。

「小妹妹，小妹妹？發什麼呆呢？」

唐心訣睜開眼，下意識按住有些鈍痛的太陽穴，漫長零散的記憶漸漸回籠，四周場景進入眼簾。

看到眼前景象，她微微怔住。

如果沒記錯，她好像剛剛通過識海裡的噩夢輪迴，本以為會先回到寢室，可是一道白光閃過……這是哪？

眼前是一處人流密集的場所，正前方是一道安保森嚴的鐵製圍欄大門，很多中年男女圍在大門外，約十八九歲的男女生急匆匆湧入門內。

把唐心訣叫醒的是一位中年婦女，神情關切：「我看妳拿著准考證，也是考生吧？馬上考試啦，還不快點進去？」

准考證、考試。

這兩個關鍵字進入腦海，一連串記憶被瞬間啟動，唐心訣意識到面前場景是哪裡。

這是在一個學校考場的門口！

至於是什麼考試……

她低頭打開了手裡的准考證——二〇一七年普通高等學校招生統一考試。

她這一覺，直接睡回了升學考？

——《宿舍大逃亡05寢室友誼聯賽》完——

——敬請期待《宿舍大逃亡06高等升學考試》——

高寶書版集團
gobooks.com.tw

YS 044
宿舍大逃亡 05 寢室友誼聯賽

作　　者　火　茶
責任編輯　吳培禎
封面設計　單　宇
內頁排版　賴姵均
企　　劃　何嘉雯

發 行 人　朱凱蕾
出　　版　英屬維京群島商高寶國際有限公司台灣分公司
　　　　　Global Group Holdings, Ltd.
地　　址　台北市內湖區洲子街88號3樓
網　　址　gobooks.com.tw
電　　話　(02) 27992788
電　　郵　readers@gobooks.com.tw（讀者服務部）
傳　　真　出版部(02) 27990909　行銷部 (02) 27993088
郵政劃撥　19394552
戶　　名　英屬維京群島商高寶國際有限公司台灣分公司
發　　行　英屬維京群島商高寶國際有限公司台灣分公司
法律顧問　永然聯合法律事務所
初版日期　2025 年08月

原著書名：《女寢大逃亡》由北京晉江原創網絡科技有限公司授權出版。

國家圖書館出版品預行編目(CIP)資料

宿舍大逃亡. 5, 寢室友誼聯賽 / 火茶著. -- 初版. -- 臺北市：英屬維京群島商高寶國際有限公司臺灣分公司, 2025.08
　　冊；　公分. --

原簡體版題名：女寢大逃亡

ISBN 978-626-402-325-2（平裝）

857.7　　　　114011408